ILUMINURAS

Arthur Rimbaud

ILUMINURAS
Gravuras coloridas

ILLUMINATIONS
(Coloured Plates)

3ª Edição revista

TRADUÇÃO, NOTAS E ENSAIO
Rodrigo Garcia Lopes
Maurício Arruda Mendonça

ILUMI//URAS

Copyright © *2014*
Rodrigo Garcia Lopes e Maurício Arruda Mendonça

Copyright © *desta edição*
Editora Iluminuras Ltda.

Capa
Eder Cardoso / Iluminuras
baseada em guache atribuido, mas nunca reconhecido oficialmente,
a Fernand Léger. Imagem modificada digitalmente.

Revisão
Jane Pessoa

CIP-BRASIL. CATALOGAÇÃO NA PUBLICAÇÃO
SINDICATO NACIONAL DOS EDITORES DE LIVROS, RJ
R433i
3. ed.

Rimbaud, Arthur, 1854-1891
  Iluminuras : gravuras coloridas / Arthur Rimbaud ; tradução, notas e ensaio
Rodrigo Garcia Lopes, Maurício Arruda Mendonça. - 3. ed. - São Paulo :
Iluminuras, 2014.
  192 p. : il. ; 21 cm.

Tradução de: Illuminations (Coloured Plates)
ISBN 978-857321-

1. Poesia francesa. I. Lopes, Rodrigo Garcia. II. Mendonça, Maurício Arruda.
III. Título.

13-02721   CDD: 841
                            CDU: 821.133.1-1

2014
EDITORA ILUMINURAS LTDA.
Rua Inácio Pereira da Rocha, 389 - 05432-011 - São Paulo - SP - Brasil
Tel./Fax: 55 11 3031-6161
iluminuras@iluminuras.com.br
www.iluminuras.com.br

Índice

ILUMINURAS (*ILLUMINATIONS*)

Depois do Dilúvio (*Aprés le Déluge*), 11
Infância (*Enfance*), 15
Conto (*Conte*), 23
Desfile (*Parade*), 27
Antique (*Antique*), 29
Being Beauteous (*Being Beauteous*), 31
Vidas (*Vies*), 33
Partida (*Départ*), 37
Realeza (*Royauté*), 39
A uma Razão (*A une Raison*), 41
Manhã de Embriaguez (*Matinée d'Ivresse*), 43
Frases (*Phrases*), 45
Operários (*Ouvriers*), 49
As Pontes (*Les Ponts*), 51
Cidade (*Ville*), 53
Rastros (*Ornières*), 55
Cidades (*Villes*), 57
Vagabundos (*Vagabonds*), 59
Cidades (*Villes*), 61
Vigílias (*Veillées*), 65
Mística (*Mystique*), 69
Aurora (*Aube*), 71
Flores (*Fleurs*), 73
Noturno Vulgar (*Nocturne Vulgaire*), 75
Marinha (*Marine*), 77
Festa de Inverno (*Fête d'Hiver*), 79

Angústia (*Angoisse*), 81
Metropolitano (*Métropolitain*), 83
Bárbaro (*Barbare*), 85
Liquidação (*Solde*), 87
Fairy (*Fairy*), 89
Guerra (*Guerre*), 91
Juventude (*Jeunesse*), 93
Promontório (*Promontoire*), 97
Cenas (*Scènes*), 99
Tarde Histórica (*Soir Historique*), 101
Bottom (*Bottom*), 103
H (*H*), 105
Movimento (*Mouvement*), 107
Devoção (*Dévotion*), 109
Democracia (*Démocratie*), 111
Gênio (*Génie*), 113

NOTAS AOS POEMAS, 117

ILLUMINATIONS: POESIA EM TRANSE, 143
Rodrigo Garcia Lopes
Maurício Arruda Mendonça

CRONOLOGIA, 185

ILUMINURAS
(GRAVURAS COLORIDAS)

ILLUMINATIONS
(COLOURED PLATES)

APRÈS LE DÉLUGE

Aussitôt que l'idée du Déluge se fut rassise,

Un lièvre s'arrêta dans les sainfoins et les clochettes mouvantes et dit sa prière à l'arc-en-ciel à travers la toile de l'araignée.

Oh! les pierres précieuses qui se cachaient, — les fleurs qui regardaient déjà.

Dans la grande rue sale les étals se dressèrent, et l'on tira les barques vers la mer étagée là-haut comme sur les gravures.

Le sang coula, chez Barbe-Bleue, — aux abattoirs, — dans les cirques, où le sceau de Dieu blêmit les fenêtres. Le sang et le lait coulèrent.

Les castors bâtirent. Les "mazagrans" fumèrent dans les estaminets.

Dans la grande maison de vitres encore ruisselante les enfants en deuil regardèrent les merveilleuses images.

Une porte claqua, — et sur la place du hameau, l'enfant tourna ses bras, compris des girouettes et des coqs des clochers de partout, sous l'éclatante giboulée.

Madame*** établit un piano dans les Alpes. La messe et les premières communions se célébrèrent aux cent mille autels de la cathédrale.

Les caravanes partirent. Et le Splendide Hôtel fut bâti dans le chaos de glaces et de nuit du pôle.

DEPOIS DO DILÚVIO

Assim que a ideia do Dilúvio sossegou,

Uma lebre se deteve entre trevos e campânulas cambiantes e fez sua prece ao arco-íris através da teia da aranha.

Oh! as pedras preciosas que se escondiam, — e as flores que já espiavam.

Na grande rua suja açougues se ergueram, e barcos foram rebocados ao mar empilhado lá no alto como nas gravuras,

O sangue correu, no Barba Azul, — nos matadouros, — nos circos, onde o selo de Deus empalidecia as janelas. O sangue e o leite correram.

Castores construíram. "Mazagrans" enfumaçaram nos botecos.

Na mansão de vidros ainda gotejante, meninos de luto admiraram as imagens maravilhosas.

Uma porta bateu, — e na praça do vilarejo, o menino girou os braços, compreendido por cataventos e galos de campanários de toda parte, sob um temporal cintilante.

Madame *** instalou um piano nos Alpes. A missa e as primeiras comunhões foram celebradas nos cem mil altares da catedral.

As caravanas partiram. E o Hotel Esplêndido foi erguido no caos de gelo e da noite polar.

Depuis lors, la Lune entendit les chacals piaulant par les déserts de thym, — et les églogues en sabots grognant dans le verger. Puis, dans la futaie violette, bourgeonnante, Eucharis me dit que c'était le printemps.

— Sourds, étang, — Écume, roule sur le pont et par-dessus les bois; — draps noirs et orgues, — éclairs et tonnerre, — montez et roulez; — Eaux et tristesses, montez et relevez les Déluges.

Car depuis qu'ils se sont dissipés, — oh les pierres précieuses s'enfouissant, et les fleurs ouvertes! — c'est un ennui! et la Reine, la Sorcière qui allume sa braise dans le pot de terre, ne voudra jamais nous raconter ce qu'elle sait, et que nous ignorons.

Desde então, a Lua ouviu os chacais ganindo nos nos desertos de timo, — e écoglas de tamancos grunhindo no pomar. Depois, na floresta violeta, florescente, Êucaris me disse que era primavera.

— Brote, lago, — Espuma, role sobre a ponte e por cima desses bosques; — panos negros e órgãos, — raios e trovão, — subam e rolem; — águas e tristezas, subam e renovem esses Dilúvios.

Pois desde que se dissiparam, — oh as pedras preciosas se enterrando, e as flores abertas! — tédio total! e a Rainha, a Feiticeira que acende sua brasa num pote de barro, não vai querer jamais nos contar tudo o que sabe, e que nós ignoramos.

ENFANCE

I

Cette idole, yeux noirs et crin jaune, sans parents ni cour, plus noble que la fable, mexicaine et flamande; son domaine, azur et verdure insolents, court sur des plages nommées, par des vagues sans vaisseaux, de noms férocement grecs, slaves, celtiques.

A la lisière de la forêt — les fleurs de rêve tintent, éclatent, éclairent, — la fille à lèvre d'orange, les genoux croisés dans le clair déluge qui sourd des prés, nudité qu'ombrent, traversent et habillent les arcs-en-ciel, la flore, la mer.

Dames qui tournoient sur les terrasses voisines de la mer; enfantes et géantes, superbes noires dans la mousse vert-de-gris, bijoux debout sur le sol gras des bosquets et des jardinets dégelés — jeunes mères et grandes sœurs aux regards pleins de pèlerinages, sultanes, princesses de démarche et de costume tyranniques, petites étrangères et personnes doucement malheureuses.

Quel ennui, l'heure du "cher corps" et "cher cœur."

II

C'est elle, la petite morte, derrière les rosiers. — La jeune maman trépassée descend le perron. — La calèche du cousin crie sur le sable. — Le petit frère — (il est aux Indes!) là, devant le couchant, sur le pré d'œillets. — Les vieux qu'on a enterrés tout droits dans le rempart aux giroflées.

L'essaim des feuilles d'or entoure la maison du général. Ils sont dans le midi. — On suit la route rouge pour arriver à l'auberge vide. Le château est à vendre; les persiennes sont détachées. — Le curé aura

INFÂNCIA

I

Este ídolo, olhos negros e crina amarela, sem pais nem corte, mais nobre do que a fábula, mexicana e flamenga; seu domínio, arrogância verdeazul, corre sobre praias batizadas, por ondas sem navios, com ferozes nomes gregos, celtas, eslavos.

Na franja da floresta — flores de sonho tilintam, explodem, resplendem, — menina de lábios laranja, cruzando as pernas no dilúvio branco que brota dos prados, nudez que assombra, de viés, vestida de arco-íris, mar e flora.

Damas que rodopiam nos terraços à beira-mar; infantas e gigantas, negras soberbas no musgo verdegris, joias eretas no solo fértil de bosquinhos e jardinzinhos em degelo — mães jovens e irmãs mais velhas, cheias de olhares peregrinos, sultanas, princesas de trajes e passos tirânicos, mocinhas estrangeiras e pessoas docemente infelizes.

Que tédio, a hora do "que corpo" e do "meu bem".

II

É ela, a menina morta, atrás das roseiras. — A jovem mãe falecida desce a sacada. — A carruagem do primo grita sobre o saibro. — O irmãozinho (está na Índia) lá, diante do poente, num campo de cravos. — Os velhos foram sepultados em pé na muralha de goivos.

O enxame de folhas douradas ronda a casa do general. Eles estão no Sul. — Segue-se a trilha vermelha até chegar ao albergue vazio. O castelo está à venda; as persianas estão pensas. — O padre deve

emporté la clef de l'église. — Autour du parc, les loges des gardes sont inhabitées. Les palissades sont si hautes qu'on ne voit que les cimes bruissantes. D'ailleurs il n'y a rien à voir là-dedans.

Les prés remontent aux hameaux sans coqs, sans enclumes. L'écluse est levée. O les Calvaires et les moulins du désert, les îles et les meules.

Des fleurs magiques bourdonnaient. Les talus le berçaient. Des bêtes d'une élégance fabuleuse circulaient. Les nuées s'amassaient sur la haute mer faite d'une éternité de chaudes larmes.

III

Au bois il y a un oiseau, son chant vous arrête et vous fait rougir.

Il y a une horloge qui ne sonne pas.

Il y a une fondrière avec un nid de bêtes blanches.

Il y a une cathédrale qui descend et un lac qui monte.

Il y a une petite voiture abandonnée dans le taillis, ou qui descend le sentier en courant, enrubannée.

Il y a une troupe de petits comédiens en costumes, aperçus sur la route à travers la lisière du bois.

Il y a enfin, quand l'on a faim et soif, quelqu'un qui vous chasse.

ter levado a chave da igreja. — Ao redor do parque, as casas dos vigias estão vazias. As paliçadas são tão altas que só se vê as copas sussurrantes. Além disso, não há nada lá dentro pra ser visto.

Os prados remontam às vilas sem galos, sem bigornas. A represa está aberta. Ó os Calvários e os moinhos do deserto, as ilhas e as moendas.

Flores mágicas zumbiam. As encostas o ninaram. Bichos circulavam numa elegância fabulosa. Nuvens se acumulavam sobre o alto-mar feito de eternas lágrimas quentes.

III

No bosque tem um pássaro, você para e cora com seu canto.

Tem um relógio que não toca nunca.

Tem uma toca com um ninho de bichos brancos.

Tem uma catedral que desce e um lago que sobe.

Tem uma pequena carruagem abandonada no mato, ou que passa correndo, cheia de fitas.

Tem uma trupe de atores mirins com figurino, espiada pela trilha à beira do bosque.

E então, quando você tem fome e sede, tem sempre alguém que te persegue.

IV

Je suis le saint, en prière sur la terrasse, — comme les bêtes pacifiques paissent jusqu'à la mer de Palestine.

Je suis le savant au fauteuil sombre. Les branches et la pluie se jettent à la croisée de la bibliothèque.

Je suis le piéton de la grand'route par les bois nains; la rumeur des écluses couvre mes pas. Je vois longtemps la mélancolique lessive d'or du couchant.

Je serais bien l'enfant abandonné sur la jetée partie à la haute mer, le petit valet suivant l'allée dont le front touche le ciel.

Les sentiers sont âpres. Les monticules se couvrent de genêts. L'air est immobile. Que les oiseaux et les sources sont loin! Ce ne peut être que la fin du monde, en avançant.

V

Qu'on me loue enfin ce tombeau, blanchi à la chaux avec les lignes du ciment en relief — très loin sous terre.

Je m'accoude à la table, la lampe éclaire très vivement ces journaux que je suis idiot de relire, ces livres sans intérêt. —

A une distance énorme au-dessus de mon salon souterrain, les maisons s'implantent, les brumes s'assemblent. La boue est rouge ou noire. Ville monstrueuse, nuit sans fin!

Moins haut, sont des égouts. Aux côtés, rien que l'épaisseur du globe. Peut-être les gouffres d'azur, des puits de feu. C'est peut-être sur ces plans que se rencontrent lunes et comètes, mers et fables.

IV

Eu sou o santo, em prece no terraço, — como os animais pacíficos pastando até o mar da Palestina.

Eu sou o sábio na poltrona sombria. Os galhos e a chuva se jogam contra a vidraça da biblioteca.

Eu sou o andarilho da grande estrada entre os bosques anões; o rumor das represas abafa meus passos. Demoro-me vendo a lixívia melancólica e dourada do pôr do sol.

Eu bem podia ser a criança abandonada no cais de partida pro alto-mar, o criadinho seguindo a alameda, cuja fronte roça o céu.

Os atalhos são ásperos. Montinhos se cobrem de giestas. O ar é imóvel. Que longe os pássaros e as fontes! Só pode ser o fim do mundo, avançando.

V

Que me aluguem enfim este túmulo caiado, com linhas de cimento em relevo — bem fundo na terra.

Cotovelos na mesa, a lâmpada ilumina vivamente esses jornais que releio de idiota, esses livros sem interesse. —

A uma distância enorme acima de minha sala subterrânea, casas se enraízam, brumas se reúnem. A lama é vermelha ou negra. Cidade monstro, noite sem fim!

Menos alto, os esgotos. Dos lados, apenas a espessura do globo. Talvez abismos de azul, poços de fogo. Talvez nestes níveis luas e cometas, fábulas e mares, se encontrem.

Aux heures d'amertume je m'imagine des boules de saphir, de métal. Je suis maître du silence. Pourquoi une apparence de soupirail blêmirait-elle au coin de la voûte?

Nas horas de amargura imagino bolas de safira, de metal. Sou o mestre do silêncio. Por que uma aparência de janela de porão empalideceria num canto da abóbada?

CONTE

Un Prince était vexé de ne s'être employé jamais qu'à la perfection des générosités vulgaires. Il prévoyait d'étonnantes révolutions de l'amour, et soupçonnait ses femmes de pouvoir mieux que cette complaisance agrémentée de ciel et de luxe. Il voulait voir la vérité, l'heure du désir et de la satisfaction essentiels. Que ce fût ou non une aberration de piété, il voulut. Il possédait au moins un assez large pouvoir humain.

Toutes les femmes qui l'avaient connu furent assassinées. Quel saccage du jardin de la beauté! Sous le sabre, elles le bénirent. Il n'en commanda point de nouvelles. — Les femmes réapparurent.

Il tua tous ceux qui le suivaient, après la chasse ou les libations. — Tous le suivaient.

Il s'amusa à égorger les bêtes de luxe. Il fit flamber les palais. Il se ruait sur les gens et les taillait en pièces. — La foule, les toits d'or, les belles bêtes existaient encore.

Peut-on s'extasier dans la destruction, se rajeunir par la cruauté! Le peuple ne murmura pas. Personne n'offrit le concours de ses vues.

Un soir il galopait fièrement. Un Génie apparut, d'une beauté ineffable, inavouable même. De sa physionomie et de son maintien ressortait la promesse d'un amour multiple et complexe! d'un bonheur indicible, insupportable même! Le Prince et le Génie s'anéantirent probablement dans la santé essentielle. Comment n'auraient-ils pas pu en mourir? Ensemble donc ils moururent.

CONTO

Um Príncipe se aborrecia por só se dedicar à perfeição de generosidades vulgares. Ele previa estonteantes revoluções do amor, e suspeitava que suas mulheres pudessem algo mais do que uma complacência adornada de céu e luxo. Queria ver a verdade, a hora do desejo e da satisfação essenciais. Fosse ou não uma aberração de piedade, ele queria. Pelo menos ele tinha um grande poder humano.

Todas as mulheres que o conheceram foram assassinadas. Saquearam o jardim da beleza! Sob o sabre, elas o abençoaram. Ele nem encomendava outras. — As mulheres reapareciam.

Ele matou todos os seus seguidores, depois da caça ou das libações. — Todos o seguiam.

Ele se divertiu degolando bichos de luxo. Mandou incendiar palácios. Avançava nas pessoas e as talhava em pedaços. — A multidão, os telhados dourados, os bichos bonitos, ainda existiam.

Como pode alguém se extasiar na destruição, rejuvenescer pela crueldade! O povo não murmurou. Ninguém se ofereceu ao concurso de suas vistas.

Uma noite ele cavalgava confiante. Um Gênio surgiu, beleza inefável, inconfessável mesmo. De sua fisionomia e sua presença exalava a promessa de um amor múltiplo e complexo! de alegria indizível, insuportável mesmo! O Príncipe e o Gênio se aniquilaram provavelmente em saúde essencial. Como não morreriam disso? Então morreram juntos.

Mais ce Prince décéda, dans son palais, à un âge ordinaire. Le prince était le Génie. Le Génie était le Prince.

La musique savante manque à notre désir.

Mas esse Príncipe faleceu, em seu palácio, numa idade normal. O príncipe era o Gênio. O Gênio era o Príncipe.

Nosso desejo carece de música sábia.

PARADE

Des drôles très solides. Plusieurs ont exploité vos mondes. Sans besoins, et peu pressés de mettre en œuvre leurs brillantes facultés et leur expérience de vos consciences. Quels hommes mûrs! Des yeux hébétés à la façon de la nuit d'été, rouges et noirs, tricolores, d'acier piqué d'étoiles d'or; des facies déformés, plombés, blêmis, incendiés; des enrouements folâtres! La démarche cruelle des oripeaux! — Il y a quelques jeunes, — comment regarderaient-ils Chérubin? — pourvus de voix effrayantes et de quelques ressources dangereuses. On les envoie prendre du dos en ville, affublés d'un luxe *dégoûtant.*

O le plus violent Paradis de la grimace enragée! Pas de comparaison avec vos Fakirs et les autres bouffonneries scéniques. Dans des costumes improvisés avec le goût du mauvais rêve ils jouent des complaintes, des tragédies de malandrins et de demi-dieux spirituels comme l'histoire ou les religions ne l'ont jamais été. Chinois, Hottentots, bohémiens, niais, hyènes, Molochs, vieilles démences, démons sinistres, ils mêlent les tours populaires, maternels, avec les poses et les tendresses bestiales. Ils interprèteraient des pièces nouvelles et des chansons "bonnes filles". Maîtres jongleurs, ils transforment le lieu et les personnes et usent de la comédie magnétique. Les yeux flambent, le sang chante, les os s'élargissent, les larmes et des filets rouges ruissellent. Leur raillerie ou leur terreur dure une minute, ou des mois entiers.

J'ai seul la clef de cette parade sauvage.

DESFILE

Os malandros sólidos. Muitos já exploraram vossos mundos. Sem necessidades, e pouca pressa em aplicar suas brilhantes faculdades e a sua experiência de vossas consciências. Que homens maduros! Olhos vidrados como noite de verão, vermelhos e negros, tricolores, aço salpicado de estrelas douradas; faces disformes, plúmbeas, pálidas, incendiadas; rouquidões burlescas! A marcha cruel dos ouropéis! — Alguns são jovens, — mas achariam o que de Querubim? — munidos de vozes medonhas e uns truques perigosos. São enviados para trepar na cidade, fantasiados num *luxo* que dá nojo.

Oh o mais violento Paraíso da careta furiosa! Nada comparável a seus Faquires e outras tantas teatrais bufonerias. Em trajes improvisados com sabor de pesadelo, encenam litanias, tragédias de bandidos e semideuses espirituosos como jamais foram a história ou as religiões. Chineses, Hotentotes, ciganos, otários, hienas, Moloques, velhas demências, demônios sinistros, misturam os folguedos populares, maternais, com poses e ternuras bestiais. Interpretariam peças novas, canções "para moças". Mestres jograis, eles transformam o lugar e as pessoas e usam a comédia magnética. Os olhos inflamam, o sangue canta, ossos se dilatam, rolam lágrimas e filetes rubros. Sua zombaria ou seu terror dura um minuto, ou meses inteiros.

Só eu tenho a chave desse desfile selvagem.

ANTIQUE

Gracieux fils de Pan! Autour de ton front couronné de fleurettes et de baies tes yeux, des boules précieuses, remuent. Tachées de lie brune, tes joues se creusent. Tes crocs luisent. Ta poitrine ressemble à une cithare, des tintements circulent dans tes bras blonds. Ton cœur bat dans ce ventre où dort le double sexe. Promène-toi, la nuit, en mouvant doucement cette cuisse, cette seconde cuisse et cette jambe de gauche.

ANTIQUE

Gracioso filho de Pan! Em torno de tua fronte coroada de florzinhas e bagas teus olhos, globos preciosos, se movem. Manchada de fezes cinzas, a cova das faces. Teus caninos reluzem. Teu peitinho parece uma cítara, sininhos circulam no bronze dos teus braços. Teu coração bate nesse ventre onde dorme o duplo sexo. Passeie pela noite, mexe essa coxa, docemente, mexe essa outra, e essa perna torta.

BEING BEAUTEOUS

Devant une neige un Être de Beauté de haute taille. Des sifflements de mort et des cercles de musique sourde font monter, s'élargir et trembler comme un spectre ce corps adoré; des blessures écarlates et noires éclatent dans les chairs superbes. Les couleurs propres de la vie se foncent, dansent, et se dégagent autour de la Vision, sur le chantier. Et les frissons s'élèvent et grondent et la saveur forcenée de ces effets se chargeant avec les sifflements mortels et les rauques musiques que le monde, loin derrière nous, lance sur notre mère de beauté, — elle recule, elle se dresse. Oh! nos os sont revêtus d'un nouveau corps amoureux.

* * *

O la face cendrée, l'écusson de crin, les bras de cristal! Le canon sur lequel je dois m'abattre à travers la mêlée des arbres et de l'air léger!

BEING BEAUTEOUS

Diante da neve um Ser de Beleza de alto talhe. Silvos mortais e os círculos de música surda levitam seu corpo adorado, e ele se expande e estremece como um espectro; feridas escarlates e negras rebentam nas carnes soberbas. As cores próprias da vida escurecem, dançam e se desprendem ao redor da Visão, sobre o canteiro. E os calafrios se erguem e rugem, e o sabor irado desses efeitos se encarregam dos silvos mortais e das músicas roucas que o mundo, longe atrás de nós, lança sobre nossa mãe de beleza, — ela recua, ela levanta. Oh! nossos ossos revestidos por um novo corpo amoroso.

* * *

Ó face cinza, brasão de crina, braços de cristal! O canhão de que me atiro nessa briga das árvores com a brisa!

VIES

I

O les énormes avenues du pays saint, les terrasses du temple! Qu'a-t-on fait du brahmane qui m'expliqua les Proverbes? D'alors, de là-bas, je vois encore même les vieilles! Je me souviens des heures d'argent et de soleil vers les fleuves, la main de la campagne sur mon épaule, et de nos caresses debout dans les plaines poivrées. — Un envol de pigeons écarlates tonne autour de ma pensée. — Exilé ici j'ai eu une scène où jouer les chefs-d'œuvre dramatiques de toutes les littératures. Je vous indiquerais les richesses inouïes. J'observe l'histoire des trésors que vous trouvâtes. Je vois la suite! Ma sagesse est aussi dédaignée que le chaos. Qu'est mon néant, auprès de la stupeur qui vou attend?

II

Je suis un inventeur bien autrement méritant que tous ceux qui m'ont précédé; un musicien même, qui ai trouvé quelque chose comme la clef de l'amour. A présent, gentilhomme d'une campagne aigre au ciel sobre, j'essaye de m'émouvoir au souvenir de l'enfance mendiante, de l'apprentissage ou de l'arrivée en sabots, des polémiques, des cinq ou six veuvages, et quelques noces où ma forte tête m'empêcha de monter au diapason des camarades. Je ne regrette pas ma vieille part de gaîté divine: l'air sobre de cette aigre campagne alimente fort activement mon atroce scepticisme. Mais comme ce scepticisme ne peut désormais être mis en œuvre, et que d'ailleurs je suis dévoué à un trouble nouveau, — j'attends de devenir un très méchant fou.

VIDAS

I

Ó as enormes avenidas do país santo, os terraços do templo! O que foi feito do brâmane que me explicou os Provérbios? Desde então, Desde então, daquele tempo, vejo até mesmo as velhas! Lembro das horas de prata e do sol rente aos rios, a mão da campina no meu ombro, de nossas carícias de pé sobre planícies picantes. — Uma revoada de pombos escarlates troveja em volta do meu pensamento. — Exilado aqui, tive um palco onde encenar as obras-primas dramáticas de todas as literaturas. Eu te mostraria as riquezas inauditas. Observo a história dos tesouros que encontrastes. Eu vejo a sequência! Minha sabedoria é tão desdenhada quanto o caos. Que é meu nada, perto do estupor que te espera?

II

Sou um inventor de mérito maior do que todos que me precederam; um músico mesmo, que descobriu algo assim como a clave do amor. Neste momento, cavalheiro de uma campina amarga com um céu sóbrio, tento me emocionar com a lembrança da infância mendiga, da aprendizagem ou da chegada em tamancos, polêmicas, das cinco ou seis viuvezes, e de algumas bodas, onde minha cabeça dura me impediu de chegar no diapasão dos camaradas. Não sinto falta de meu velho papel de gaiato divino. O ar sóbrio dessa campina amarga alimenta e ativa meu meu ceticismo atroz. Mas, já que não se pode pôr esse ceticismo em prática, e aliás, por estar envolvido num problema novo, — espero me tornar um louco muito mau.

III

Dans un grenier où je fus enfermé à douze ans j'ai connu le monde, j'ai illustré la comédie humaine. Dans un cellier j'ai appris l'histoire. A quelque fête de nuit dans une cité du Nord, j'ai rencontré toutes les femmes des anciens peintres. Dans un vieux passage à Paris on m'a enseigné les sciences classiques. Dans une magnifique demeure cernée par l'Orient entier j'ai accompli mon immense œuvre et passé mon illustre retraite. J'ai brassé mon sang. Mon devoir m'est remis. Il ne faut même plus songer à cela. Je suis réellement d'outre-tombe, et pas de commissions.

III

Num sótão onde me prenderam aos doze anos conheci o mundo, ilustrei a comédia humana. Numa adega aprendi história. Em certa festa noturna, numa cidade do Norte, cruzei todas as mulheres dos pintores antigos. Numa velha galeria de Paris, me ensinaram ciências clássicas. Numa residência magnífica cercada por todo o Oriente, terminei minha imensa obra e curti meu ilustre retiro. Fermentei meu sangue. Minha dívida foi remida. Não quero nem sonhar com isso. Sou mesmo do além-túmulo, e não levo comissão.

DÉPART

Assez vu. La vision s'est recontrée à tous les airs.

Assez eu. Rumeurs des villes, le soir, et au soleil, et toujours.

Assez connu. Les arrêts de la vie. — O Rumeurs et Visions!

Départ dans l'affection et le bruit neufs!

PARTIDA

Chega de ver. A visão se reencontra em toda a parte.

Chega de ter. Sons de cidade, à tarde, e ao sol, e sempre.

Chega de saber. As paradas da vida. — Ó Sons e Visões!

Partida entre afeto e ruído novos!

ROYAUTÉ

Un beau matin, chez un peuple fort doux, un homme et une femme superbes criaient sur la place publique. "Mes amis, je veux qu'elle soit reine!" "Je veux être reine!" Elle riait et tremblait. Il parlait aux amis de révélation, d'épreuve terminée. Ils se pâmaient l'un contre l'autre.

En effet ils furent rois toute une matinée où les tentures carminées se relevèrent sur les maisons, et toute l'après-midi, où ils s'avancèrent du côté des jardins de palmes.

REALEZA

Numa bela manhã, em meio a um povo tão gentil, um homem e uma mulher soberbos gritavam pela praça pública: "Amigos, quero que ela seja rainha!" "Quero ser rainha!" Ela ria e tremia. Ele falava aos amigos de revelação, do fim de uma provação. Eles desmaiavam um no outro.

Com efeito eles foram reis a manhã toda, quando as casas se enfeitavam de tapeçarias escarlates e a tarde toda, quando eles avançaram beirando o jardim de palmeiras.

A UNE RAISON

Un coup de ton doigt sur le tambour décharge tous les sons et commence la nouvelle harmonie.

Un pas de toi c'est la levée des nouveaux hommes et leur en marche.

Ta tête se détourne: le nouvel amour! Ta tête se retourne, — le nouvel amour!

"Change nos lots, crible les fléaux, à commencer par le temps", te chantent ces enfants. "Élève n'importe où la substance de nos fortunes et de nos voeux", on t'en prie.

Arrivée de toujours, qui t'en iras partout.

A UMA RAZÃO

Um toque de teu dedo no tambor liberta todos os sons e inicia a nova harmonia.

Um passo teu recruta novos homens e os faz marchar.

Tua cabeça se vira: o novo amor! Tua cabeça se volta, — o novo amor!

"Mude nossos destinos, livre-nos das pestes, a começar pelo tempo", cantam essas crianças. "Não importa onde, eleve a substância de nossas fortunas e desejos", imploram.

Chegando sempre, irás por toda a parte.

MATINÉE D'IVRESSE

O mon *Bien! O* mon *Beau! Fanfare atroce où je ne trébuche point! Chevalet féerique! Hourra pour l'œuvre inouïe et pour le corps merveilleux, pour la première fois! Cela commença sous les rires des enfants, cela finira par eux. Ce poison va rester dans toutes nos veines même quand, la fanfare tournant, nous serons rendus à l'ancienne inharmonie. O maintenant nous si digne de ces tortures! rassemblons fervemment cette promesse surhumaine faite à notre corps et à notre âme créés: cette promesse, cette démence! L'élégance, la science, la violence! On nous a promis d'enterrer dans l'ombre l'arbre du bien et du mal, de déporter les honnêtetés tyranniques, afin que nous amenions notre très pur amour. Cela commença par quelques dégoûts et cela finit, — ne pouvant nous saisir sur-le-champ de cette éternité, — cela finit par une débandade de parfums.*

Rire des enfants, discrétion des esclaves, austérité des vierges, horreur des figures et des objets d'ici, sacrés soyez-vous par le souvenir de cette veille. Cela commençait par toute la rustrerie, voici que cela finit par des anges de flamme et de glace.

Petite veille d'ivresse, sainte! quand ce ne serait que pour le masque dont tu nous as gratifié. Nous t'affirmons, méthode! Nous n'oublions pas que tu as glorifié hier chacun de nos âges. Nous avons foi au poison. Nous savons donner notre vie tout entière tous les jours.

Voici le temps des Assassins.

MANHÃ DE EMBRIAGUEZ

Ó *meu* Bem! Ó *meu* Belo! Fanfarra atroz em que não perco o passo! Cavalete feérico! Hurra pela obra inaudita e o corpo maravilhoso, pela primeira vez! Isto começou com risadas infantis, e terminará assim. Este veneno vai ficar em nossas veias mesmo depois da fanfarra voltar, quando regressarmos à antiga desarmonia. Ó agora, tão digno de nós, de nossas torturas! reunamos com fervor essa promessa sobre-humana feita a nossos corpos e almas criados: essa promessa, essa demência! Elegância, ciência, violência! Prometeram nos enterrar na sombra a árvore do bem e do mal, deportar as honestidades tirânicas, a fim de levar em frente nosso amor tão puro. Isto começou com uma certa náusea e acaba assim, — já não podendo conquistar a eternidade de uma vez, — isto termina numa debandada de perfumes.

Risadas infantis, discrição de escravos, austeridade de virgens, horror das figuras e dos objetos daqui, sagrado sejas em memória vigília. Isso começava com toda grosseria, eis que termina com anjos de fogo e gelo.

Breve vigília de embriaguez, santa! ainda que fosse só pela máscara com que nos recompensastes! Nós te afirmamos, método! Não esquecemos que ontem glorificaste cada uma de nossas idades. Temos fé no veneno. Sabemos doar nossa vida inteira todos os dias.

Eis o tempo dos *Assassinos*.

PHRASES

Quand le monde sera réduit en un seul bois noir pour nos quatre yeux étonnés, — en une plage pour deux enfants fidèles, — en une maison musicale pour notre claire sympathie, — je vous trouverai.

Qu'il n'y ait ici-bas qu'un vieillard seul, calme et beau, entouré d'un "luxe inouï", — et je suis à vos genoux.

Que j'aie réalisé tous vos souvenirs, — que je sois celle qui sait vous garrotter, — je vous étoufferai.

* * *

Quand nous sommes très forts, — qui recule? très gais, — qui tombe de ridicule? Quand nous sommes très méchants, que ferait-on de nous?

Parez-vous, dansez, riez, — je ne pourrai jamais envoyer l'Amour par la fenêtre.

* * *

— Ma camarade, mendiante, enfant monstre! comme ça t'est égal, ces malheureuses et ces manœuvres, et mes embarras. Attache-toi à nous avec ta voix impossible, ta voix! unique flatteur de ce vil désespoir.

Une matinée couverte, en Juillet. Un goût de cendres vole dans l'air; — une odeur de bois suant dans l'âtre, — les fleurs rouies — le saccage des promenades — la bruine des canaux par les champs — pourquoi pas déjà les joujoux et l'encens?

***

FRASES

Quando o mundo se reduzir a um só bosque negro para nossos quatro olhos atônitos, — a uma praia para duas crianças fiéis, — a uma casa musical para nossa clara simpatia, — vou te encontrar.

Haja aqui embaixo só um velho solitário, calmo e bonito, em meio a um "luxo inaudito", — vou estar a teus pés.

Assim que eu realize todas as tuas lembranças, — sendo eu aquela que sabe estrangular-te, — vou te sufocar.

* * *

Quando a gente é forte, — quem recua? muito alegre, — quem cai no ridículo? Quando a gente é mau, que fariam de nós?

Se arrume, dance, ria, — Jamais vou poder jogar o Amor pela janela.

* * *

— Minha amiga, mendiga, criança-monstro! pra você é tudo igual, essas mulheres infelizes e suas intrigas, e meu embaraço. Junte-se a nós com sua impossível voz, sua voz! único bajulador desse vil desespero.

Manhã encoberta, julho. Um gosto de cinzas flutua no ar; — aroma de lenha suando na lareira, — flores maceradas — a calçadas depredadas, — a neblina dos canais pelos campos — por que não já os joguinhos e o incenso?

* * *

J'ai tendu des cordes de clocher à clocher; des guirlandes de fenêtre à fenêtre; des chaînes d'or d'étoile à étoile, et je danse.

* * *

Le haut étang fume continuellement. Quelle sorcière va se dresser sur le couchant blanc? Quelles violettes frondaisons vont descendre?

* * *

Pendant que les fonds publics s'écoulent en fêtes de fraternité, il sonne une cloche de feu rose dans les nuages.

* * *

Avivant un agréable goût d'encre de Chine une poudre noire pleut doucement sur ma veillée. — Je baisse les feux du lustre, je me jette sur le lit, et tourné du côté de l'ombre je vous vois, mes filles! mes reines!

* * *

Estendi cordas de campanário a campanário; guirlandas de janela a janela; correntes de ouro de estrela a estrela, e danço.

* * *

O lago lá em cima se esfuma sem cessar. Que feiticeira vai se erguer no poente branco? Que frondescências violetas vão descer?

* * *

Enquanto fundos públicos se evaporam em festas de fraternidade, um sino de fogo rosa soa nas nuvens.

* * *

Avivando um cheiro bom de tinta nankin uma poeira negra chove docemente em minha vigília. — Abaixo a luz do lustre, me jogo na cama, e virado para a sombra vejo vocês, minhas filhas! minhas rainhas!

* * *

OUVRIERS

O cette chaude matinée de février. Le Sud inopportun vint relever nos souvenirs d'indigents absurdes, notre jeune misère.

Henrika avait une jupe de coton à carreau blanc et brun, qui a dû être portée au siècle dernier, un bonnet à rubans, et un foulard de soie. C'était bien plus triste qu'un deuil. Nous faisions un tour dans la banlieue. Le temps était couvert et ce vent du Sud excitait toutes les vilaines odeurs des jardins ravagés et des prés desséchés.

Cela ne devait pas fatiguer ma femme au même point que moi. Dans une flache laissée par l'inondation du mois précédent à un sentier assez haut elle me fit remarquer de très petits poissons.

La ville, avec sa fumée et ses bruits de métiers, nous suivait très loin dans les chemins. O l'autre monde, l'habitation bénie par le ciel et les ombrages! Le sud me rappelait les misérables incidents de mon enfance, mes désespoirs d'été, l'horrible quantité de force et de science que le sort a toujours éloignée de moi. Non! nous ne passerons pas l'été dans cet avare pays où nous ne serons jamais que des orphelins fiancés. Je veux que ce bras durci ne traîne plus une chère image.

OPERÁRIOS

Oh aquela cálida manhã de fevereiro. O vento Sul inoportuno veio atiçar nossas lembranças de indigentes absurdos, nossa jovem miséria.

Henrika vestia uma saia xadrez branca e marrom, em moda no século passado, uma boina com fitas e um lenço de seda. Era bem mais triste que um luto. Fomos passear pelo subúrbio. O tempo estava coberto e esse vento Sul excitava todos os odores ruins dos jardins devastados e campos secos.

E isso parecia cansar mais a mim que à minha mulher. Numa poça deixada pela enchente o mês passado numa trilha lá em cima ela me mostrou alguns peixinhos.

A cidade, com suas fumaças e ruídos de teares, nos seguia tão longe nos caminhos. Ó outro mundo, morada abençoada por céu e sombras! O vento Sul me fez lembrar miseráveis incidentes de infância, meus desesperos de verão, a horrível quantidade de força e de ciência que o destino sempre afastou de mim. Não! não passaremos o verão neste país mesquinho onde mais seremos que órfãos noivos. Quero que este braço rijo não arraste mais *uma imagem querida.*

LES PONTS

Des ciels gris de cristal. Un bizarre dessin de ponts, ceux--ci droits, ceux-là bombés, d'autres descendant ou obliquant en angles sur les premiers, et ces figures se renouvelant dans les autres circuits éclairés du canal, mais tous tellement longs et légers que les rives, chargées de dômes s'abaissent et s'amoindrissent. Quelques-uns de ces ponts sont encore chargés de masures. D'autres soutiennent des mâts, des signaux, de frêles parapets. Des accords mineurs se croisent, et filent, des cordes montent des berges. On distingue une veste rouge, peut-être d'autres costumes et des instruments de musique. Sont-ce des airs populaires, des bouts de concerts seigneuriaux, des restants d'hymnes publics? L'eau est grise et bleue, large comme un bras de mer. — Un rayon blanc, tombant du haut du ciel, anéantit cette comédie.

AS PONTES

Céus de cristal gris. Bizarro desenho de pontes, estas retas, aquelas em arco, outras descendo em ângulos oblíquos sobre as primeiras, e essas figuras se renovando nos outros circuitos iluminados do canal, mas todas tão longas e leves que as margens, cheias de cúpulas, afundam e encolhem. Algumas dessas pontes ainda estão cheias de casebres. Outras sustentam mastros, sinais, frágeis parapeitos. Acordes menores se cruzam, e escorrem, as cordas escalam os barrancos. Distingue-se uma roupa vermelha, talvez outros trajes e instrumentos musicais. São árias populares, trechos de concertos senhoriais, restos de hinos públicos? A água é gris e azul, larga como um braço de mar. — E um raio branco, desabando do alto do céu, aniquila esta comédia.

VILLE

Je suis un éphémère et point trop mécontent citoyen d'une métropole crue moderne parce que tout goût connu a été éludé dans les ameublements et l'extérieur des maisons aussi bien que dans le plan de la ville. Ici vous ne signaleriez les traces d'aucun monument de superstition. La morale et la langue sont réduites à leur plus simple expression, enfin! Ces millions de gens qui n'ont pas besoin de se connaître amènent si pareillement l'éducation, le métier et la vieillesse, que ce cours de vie doit être plusieurs fois moins long que ce qu'une statistique folle trouve pour les peuples du continent. Aussi comme, de ma fenêtre, je vois des spectres nouveaux roulant à travers l'épaisse et éternelle fumée de charbon, — notre ombre des bois, notre nuit d'été! — des Erinnyes nouvelles, devant mon cottage qui est ma patrie et tout mon cœur puisque tout ici ressemble à ceci, — la Mort sans pleurs, notre active fille et servante, un Amour désespéré, et un joli Crime piaulant dans la boue de la rue.

CIDADE

Sou um efêmero e não muito descontente cidadão de uma metrópole considerada moderna porque todo estilo conhecido foi excluído das mobílias e do exterior das casas bem como do plano da cidade. Aqui você não encontrará o menor sinal de nenhum monumento de supertição. A moral e a língua estão reduzidas às expressões mais simples, enfim! Estes milhões de pessoas que nem tem necessidade de se conhecer levam a educação, o trabalho e a velhice de um modo tão igual que sua expectativa de vida é muitas vezes mais curta do que uma estatística louca encontrou para os povos do continente. Assim como, de minha janela, vejo espectros novos rolando pela espessa e eterna fumaça de carvão, — nossa sombra dos bosques, nossa noite de verão! — as Erínias novas, na porta da cabana que é minha pátria e meu coração, já que tudo aqui parece isto, — Morte sem lágrimas, nossa filha ativa e serva, um Amor desesperado, e um Crime bonito gemendo na lama da rua.

ORNIÈRES

A droite l'aube d'été éveille les feuilles et les vapeurs et les bruits de ce coin du parc, et les talus de gauche tiennent dans leur ombre violette les mille rapides ornières de la route humide. Défilé de féeries. En effet: des chars chargés d'animaux de bois doré, de mâts et de toiles bariolées, au grand galop de vingt chevaux de cirque tachetés, et les enfants et les hommes sur leurs bêtes les plus étonnantes; — vingt véhicules, bossés, pavoisés et fleuris comme des carrosses anciens ou de contes, pleins d'enfants attifés pour une pastorale suburbaine. — Même des cercueils sous leur dais de nuit dressant les panaches d'ébène, filant au trot des grandes juments bleues et noires.

RASTROS

À direita a aurora de verão desperta as folhas e os vapores e os rumores deste canto do parque, e as encostas à esquerda retêm em sua sombra violeta os mil rastros rápidos da trilha úmida. Desfile de fantasias. De fato: carros carregados de animais de madeira dourada, de mastros e telas de cores berrantes, no grande galope de vinte cavalos de circo malhados, e os meninos, e os homens sobre seus mais incríveis animais; — vinte veículos, corcundas, pavoneados e floridos como as carroças antigas ou dos contos de fada, cheias de crianças enfeitadas para uma pastoral suburbana. — Até caixões sob seus dosséis noturnos ostentando penachos de ébano desfilando ao trote de grandes éguas azuis e negras.

VILLES

Ce sont des villes! C'est un peuple pour qui se sont montés ces Alleghanys et ces Libans de rêve! Des chalets de cristal et de bois qui se meuvent sur des rails et des poulies invisibles. Les vieux cratères ceints de colosses et de palmiers de cuivre rugissent mélodieusement dans les feux. Des fêtes amoureuses sonnent sur les canaux pendus derrière les chalets. La chasse des carillons crie dans les gorges. Des corporations de chanteurs géants accourent dans des vêtements et des oriflammes éclatants comme la lumière des cimes. Sur les plates-formes au milieu des gouffres les Rolands sonnent leur bravoure. Sur les passerelles de l'abîme e les toits des auberges l'ardeur du ciel pavoise les mâts. L'écroulement des apothéoses rejoint les champs des hauteurs où les centauresses séraphiques évoluent parmi les avalanches. Au-dessus du niveau des plus hautes crêtes, une mer troublée par la naissance éternelle de Vénus, chargée de flottes orphéoniques et de la rumeur des perles et des conques précieuses, — la mer s'assombrit parfois avec des éclats mortels. Sur les versants des moissons de fleurs grandes comme nos armes et nos coupes, mugissent. Des cortèges de Mabs en robes rousses, opalines, montent des ravines. Là-haut, les pieds dans la cascade et les ronces, les cerfs tettent Diane. Les Bacchantes des banlieues sanglotent et la lune brûle et hurle. Vénus entre dans les cavernes des forgerons et des ermites. Des groupes de beffrois chantent les idées des peuples. Des châteaux bâtis en os sort la musique inconnue. Toutes les légendes évoluent et les élans se ruent dans les bourgs. Le paradis des orages s'effondre. Les sauvages dansent sans cesse la fête de la nuit. Et une heure je suis descendu dans le mouvement d'un boulevard de Bagdad où des compagnies ont chanté la joie du travail nouveau, sous une brise épaisse, circulant sans pouvoir éluder les fabuleux fantômes des monts où l'on a dû se retrouver.

Quels bons bras, quelle belle heure me rendront cette région d'où viennent mes sommeils et mes moindres mouvements?

CIDADES

Que cidades! É um povo para o qual foram montados Alegânis e Líbanos de sonho! Chalés de cristal e madeira deslizam sobre trilhos e polias invisíveis. Crateras ancestrais circundadas de colossos e palmeiras de cobre rugem melodiosamente dentro dos fogos. As festas do amor badalam nos canais suspensos atrás dos chalés. A caça dos carrilhões grita nas gargantas. Corporações de cantores gigantes chegam em trajes e adereços cintilantes como a luz nos cimos. Sobre as plataformas, em meio a precipícios, os Rolands trombeteiam sua bravura. Sobre as passarelas do abismo e os tetos dos albergues, o ardor do céu hasteia os mastros. O colapso das apoteoses concentra os campos das alturas onde centaurinas seráficas evoluem entre as avalanches. Acima do nível das mais altas cristas, um mar atormentado pelo eterno nascimento de Vênus, repleto de frotas orfeônicas e do murmúrio de pérolas e conchas preciosas, — às vezes o mar se escurece com brilhos mortais. Nas encostas, safras de flores imensas bramem como nossas armas e taças. Cortejos de Mabs em robes roxos, opalinos, trepam nas ravinas. E lá em cima, cascos nas sarças e cascatas, cervos sugam os seios de Diana. Bacantes de subúrbio soluçam e a lua queima e uiva. Vênus penetra as cavernas de ferreiros e eremitas. Grupos de campanários cantam as ideias das pessoas. Música desconhecida escapa dos castelos de osso. Todas as lendas evoluem e veados invadem os burgos. O paraíso de tempestades despedaça. Selvagens dançam sem cessar a festa da noite. E, uma hora, desci na agitação de um bulevar em Bagdá onde companhias cantavam a alegria do trabalho novo, sob uma brisa espessa, circulando sem poder iludir os fantasmas fabulosos dos montes, onde ficamos de nos reencontrar.

Que braços bons, que hora adorável vão me devolver essa região de onde vêm meus sonos e meus movimentos mais sutis?

VAGABONDS

Pitoyable frère! Que d'atroces veillées je lui dus! "Je ne me saisissais pas fervemment de cette entreprise. Je m'étais joué de son infirmité. Par ma faute nous retournerions en exil, en esclavage." Il me supposait un guignon et une innocence très bizarres, et il ajoutait des raisons inquiétantes.

Je répondais en ricanant à ce satanique docteur, et finissais par gagner la fenêtre. Je créais, par delà la campagne traversée par des bandes de musique rare, les fantômes du futur luxe nocturne.

Après cette distraction vaguement hygiénique je m'étendais sur une paillasse. Et, presque chaque nuit, aussitôt endormi, le pauvre frère se levait, la bouche pourrie, les yeux arrachés, — tel qu'il se rêvait! — et me tirait dans la salle en hurlant son songe de chagrin idiot.

J'avais en effet, en toute sincérité d'esprit, pris l'engagement de le rendre à son état primitif de fils du Soleil, — et nous errions, nourris du vin des cavernes et du biscuit de la route, moi pressé de trouver le lieu et la formule.

VAGABUNDOS

Irmão patético! Quantas vigílias atrozes fiquei lhe devendo! "Eu não me entregava com fervor a este projeto. Caçoava de sua doença. Por minha culpa voltaríamos ao exílio, à escravidão." Ele me achava um pé-frio e de uma inocência bizarra demais, e adicionava razões inquietantes.

Eu respondia rindo desse doutor satânico, e acabava ganhando a janela. Eu criava, além do campo atravessado por bandas de música rara, os fantasmas do futuro luxo noturno.

Depois dessa distração ligeiramente higiênica, me deitava numa esteira. E, quase toda noite, assim que dormia, o pobre irmão levantava, boca podre, olhos esbugalhados, — tal como ele se sonhava! — e me arrastava pela sala, uivando o sonho de sua mágoa idiota.

Eu tinha prometido, de fato, do fundo do coração, recuperar seu estado primitivo de filho do Sol, — e vadiávamos, nutridos pelo vinho das cavernas e pelo biscoito do caminho, eu com pressa de encontrar o lugar e a fórmula.

VILLES

L'acropole officielle outre les conceptions de la barbarie moderne les plus colossales. Impossible d'exprimer le jour mat produit par ce ciel immuablement gris, l'éclat imperial des bâtisses, et la neige éternelle du sol. On a reproduit dans un goût d'énormité singulier toutes les merveilles classiques de l'architecture. J'assiste à des expositions de peinture dans des locaux vingt fois plus vastes qu'Hampton-Court. Quelle peinture! Un Nabuchodonosor norwégien a fait construire les escaliers des ministères; les subalternes que j'ai pu voir sont déjà plus fiers que des ***, et j'ai tremblé à l'aspect des gardiens de colosses et officiers de constructions. Par le groupement des bâtiments en squares, cours et terrasses fermées, on a évincé les cochers. Les parcs représentent la nature primitive travaillée par un art superbe. Le haut quartier a des parties inexplicables: un bras de mer, sans bateaux, roule sa nappe de grésil bleu entre des quais chargés de candélabres géants. Un pont court conduit à une poterne immédiatement sous le dôme de la Sainte- -Chapelle. Ce dôme est une armature d'acier artistique de quinze mille pieds de diamètre environ.

Sur quelques points des passerelles de cuivre, des plates- -formes, des escaliers qui contournent les halles et les piliers, j'ai cru pouvoir juger la profondeur de la ville! C'est le prodige dont je n'ai pu me rendre compte: quels sont les niveaux de autres quartiers sur ou sous l'acropole? Pour l'étranger de notre temps la reconnaissance est impossible. Le quartier commerçant est un circus d'un seul style, avec galeries à arcades. On ne voit pas de boutiques, mais la neige de la chaussée est écrasée; quelques nababs aussi rares que les promeneurs d'un matin de dimanche à Londres, se dirigent vers une diligence de diamants. Quelques divans de velours rouge: on sert des boissons polaires dont le prix varie de huit cents à huit mille roupies. A l'idée de chercher des théâtres sur ce circus, je me réponds que les boutiques doivent contenir des drames assez sombres. Je pense qu'il y a une police.

CIDADES

A acrópole oficial ultrapassa as mais colossais concepções da barbárie moderna. Impossível exprimir o dia fosco produzido por este céu imutavelmente cinza, o brilho imperial dos edifícios, e a neve eterna do chão. Com um gosto singular para o exagero, todas as maravilhas clássicas da arquitetura foram reproduzidas. Assisto a exposições de pintura em locais vinte vezes mais vastos que Hampton Court. Que pintura! Um Nabucodonosor norueguês mandou construir as escadarias dos ministérios; os funcionários que pude ver são mais arrogantes que ***, e tremi diante do aspecto dos guardas dos colossos e dos mestres de obras. Com o agrupamento de edifícios em squares, pátios e jardins privados, afastaram-se os cocheiros. Os parques representam a natureza primitiva trabalhada com arte soberba. O bairro alto tem partes inexplicáveis: um braço de mar, sem barcos, estende sua toalha de granizo azul entre o cais estocado de candelabros gigantes. Uma ponte curta conduz à uma passagem secreta logo abaixo da cúpula da Sainte-Chapelle. Essa cúpula é uma armação artística de aço com cerca de quinze mil pés de diâmetro.

Em alguns pontos das passarelas de cobre, das plataformas, das escadarias que contornam os mercados e os pilares, acreditei ter uma ideia da profundidade da cidade! Eis o prodígio que não pude explicar: quais os níveis dos outros bairros acima ou abaixo da acrópole? Para o estrangeiro de nosso tempo, o reconhecimento é impossível. O bairro comercial é um circus num só estilo, com galerias de arcadas. Não se veem mais as lojas, mas a neve na calçada está pisada; alguns nababos, tão raros como os passeantes em Londres domingo de manhã, dirigem-se a uma diligência de diamantes. Alguns divãs de veludo vermelho: bebidas polares são servidas a um preço que varia de oitocentas a oito mil rúpias. À ideia de procurar teatros nesse circus, me respondo que essas lojas devem conter os dramas mais sombrios. Acho que há uma polícia.

Mais la loi doit être tellement étrange, que je renonce à me faire une idée des aventuriers d'ici.

Le faubourg, aussi élégant qu'une belle rue de Paris, est favorisé d'un air de lumière. L'élément démocratique compte quelques cents âmes. Là encore les maisons ne se suivent pas; le faubourg se perd bizarrement dans la campagne, le "Comté" qui remplit l'occident éternel des forêts et des plantations prodigieuses où les gentilshommes sauvages chassent leurs chroniques sous la lumière qu'on a créée.

Mas a lei deve ser tão estranha que desisto de fazer uma ideia dos aventureiros daqui.

O subúrbio, tão elegante quanto uma rua bonita de Paris, é privilegiado por um ar de iluminação. O elemento democrático totaliza algumas centenas de almas. Lá também as casas não vêm numa sequência; o subúrbio se perde bizarramente no campo, o "Condado" que enche o ocidente eterno de florestas e plantações prodigiosas onde os cavalheiros selvagens caçam suas crônicas sob a iluminação que eles criaram.

VEILLÉES

I

C'est le repos éclairé, ni fièvre ni langueur, sur le lit ou sur le pré.

C'est l'ami ni ardent ni faible. L'ami.

C'est l'aimée ni tourmentante ni tourmentée. L'aimée.

L'air et le monde point cherchés. La vie.

— Était-ce donc ceci?

— Et le rêve fraîchit.

II

L'éclairage revient à l'arbre de bâtisse. Des deux extrémités de la salle, décors quelconques, des élévations harmoniques se joignent. La muraille en face du veilleur est une succession psychologique de coupes de frises, de bandes atmosphériques et d'accidences géologiques. — Rêve intense et rapide de groupes sentimentaux avec des êtres de tous les caractères parmi toutes les apparences.

VIGÍLIAS

I

É o descanso iluminado, nem febre nem langor, na cama ou no prado.

É o amigo nem frágil nem ardente. O amigo.

É a amada nem torturadora nem torturada. A amada.

O ar e o mundo a se buscar. A vida.

— Então era essa?

— E o sonho refresca.

II

A iluminação volta à viga mestra. Das duas extremidades da sala, decoração barata, elevações harmônicas se juntam. A parede diante do vigia é uma sucessão psicológica de lanços de frisos, faixas atmosféricas e de acidências geológicas. — Sonho intenso e rápido de grupos sentimentais com seres de todos os caracteres em meio a todas as aparências.

III

Les lampes et les tapis de la veillée font le bruit des vagues, la nuit, le long de la coque et autour du steerage.

La mer de la veillée, telle que les seins d'Amélie.

Les tapisseries, jusqu'à mi-hauteur, des taillis de dentelle, teinte d'émeraude, où se jettent les tourterelles de la veillée.

....

La plaque du foyer noir, de réels soleils des grèves: ah! puits des magies; seule vue d'aurore, cette fois.

III

As lâmpadas e os tapetes da vigília produzem o som das ondas, à noite, ao longo do casco e em torno do steerage.

O mar da vigília são como os seios de Amélie.

As tapeçarias, à meia altura, matas de tricô tingidas de esmeralda, onde se atiram as pombas da vigília.

....

A placa da lareira negra, sóis reais das praias: ah! poços de magia; única visão da aurora, agora.

MYSTIQUE

Sur la pente du talus les anges tournent leurs robes de laine dans les herbages d'acier et d'émeraude.

Des prés de flammes bondissent jusqu'au sommet du mamelon. A gauche le terreau de l'arête est piétiné par tous les homicides et toutes les batailles, et tous les bruits désastreux filent leur courbe. Derrière l'arête de droite la ligne des orients, des progrès.

Et tandis que la bande en haut du tableau est formée de la rumeur tournante et bondissante des conques des mers et des nuits humaines,

La douceur fleurie des étoiles et du ciel et du reste descend en face du talus, comme un panier, — contre notre face, et fait l'abîme fleurant et bleu là-dessous.

MÍSTICA

No declive da escarpa anjos giram suas togas de lã sobre relvas de aço e esmeralda.

Prados de chamas saltam até o mamilo dos montes. À esquerda, o humo do serro está pisoteado por todos os homicidas e todas as batalhas, e todos os ruídos desastrosos tecem sua curva. Além do serro, à direita, a linha dos orientes, dos progressos.

E enquanto a faixa no alto do quadro é formada pelo rumor giratório e saltitante das conchas do mar e das noites humanas.

A doçura florida das estrelas e do céu e do resto desce diante da escarpa, como um cesto, — contra nossa face, e faz um abismo perfumado e azul lá embaixo.

AUBE

J'ai embrassé l'aube d'été.

Rien ne bougeait encore au front des palais. L'eau était morte. Les camps d'ombres ne quittaient pas la route du bois. J'ai marché, réveillant les haleines vives et tièdes, et les pierreries regardèrent, et les ailes se levèrent sans bruit.

La première entreprise fut, dans le sentier déjà empli de frais et blêmes éclats, une fleur qui me dit son nom.

Je ris au wasserfall blond qui s'échevela à travers les sapins: à la cime argentée je reconnus la déesse.

Alors je levai un à un les voiles. Dans l'allée, en agitant les bras. Par la plaine, où je l'ai dénoncée au coq. A la grand'ville elle fuyait parmi les clochers et les dômes, et courant comme un mendiant sur les quais de marbre, je la chassais.

En haut de la route, près d'un bois de lauriers, je l'ai entourée avec ses voiles amasses, et j'ai senti un peu son immense corps. L'aube et l'enfant tombèrent au bas du bois.

Au réveil il était midi.

AURORA

Eu abracei a aurora de verão.

Nada ainda se mexia na fachada dos palácios. A água estava morta. Acampamentos de sombras não deixavam a trilha do bosque. Eu marchava, despertando os hálitos vivos e cálidos, e as pedrarias espiavam, e as alas se levantavam sem um som.

A primeira missão foi, num atalho cheio de centelhas frescas e pálidas, uma flor que me disse seu nome.

Sorri para a loira wasserfall que se descabelava através dos pinheiros; reconheci a deusa no cimo de prata.

Então, um a um, levantei os véus. Nas alamedas, agitando os braços. Pela planície, onde a denunciei ao galo. Na cidade grande ela fugia entre cúpulas e campanários, e correndo como um mendigo entre docas de mármore, eu a caçava.

No alto da trilha, perto de um bosque de louros, eu a envolvi com seus véus amontoados, e senti um pouco seu imenso corpo. A aurora e a criança caíram no fundo do bosque.

Ao acordar, meio-dia.

FLEURS

D'un gradin d'or, — parmi les cordons de soie, les gazes grises, les velours verts et les disques de cristal qui noircissent comme du bronze au soleil, — je vois la digitale s'ouvrir sur un tapis de filigranes d'argent, d'yeux et de chevelures.

Des pièces d'or jaune semées sur l'agate, des piliers d'acajou supportant un dôme d'émeraudes, des bouquets de satin blanc et de fines verges de rubis entourent la rose d'eau.

Tels qu'un dieu aux énormes yeux bleus et aux formes de neige, la mer et le ciel attirent aux terrasses de marbre la foule des jeunes et fortes roses.

FLORES

De um degrau de ouro, — entre cordões de seda, gazes grises, veludos verdes e discos de cristal que escurecem como bronze sob o sol, — vejo a digital se abrir num tapete de filigranas de prata, de olhos e cabelos.

Peças de ouro amarelo semeadas sobre a ágata, pilares de acaju sustentando uma cúpula de esmeraldas, buquês de branco cetim e hastes sutis de rubis rodeiam a rosa d'água.

Como um deus de enormes olhos azuis e formas de neve, o céu e o mar atraem aos terraços de mármore a turba de jovens e fortes rosas.

NOCTURNE VULGAIRE

Un souffle ouvre des brèches operadiques dans les cloisons, — brouille le pivotement des toits rongés, — disperse les limites des foyers, — éclipse les croisées. — Le long de la vigne, m'étant appuyé du pied à une gargouille, — je suis descendu dans ce carrosse dont l'époque est assez indiquée par les glaces convexes, les panneaux bombés et les sophas contournés. Corbillard de mon sommeil, isolé, maison de berger de ma niaiserie, le véhicule vire sur le gazon de la grande route effacée: et dans un défaut en haut de la glace de droite tournoient les blêmes figures lunaires, feuilles, seins;

— Un vert et un bleu très foncés envahissent l'image. Dételage aux environs d'une tache de gravier.

— Ici va-t-on siffler pour l'orage, et les Sodomes, — et les Solymes, — et les bêtes féroces et les armées,

— (Postillons et bêtes de songe reprendront-ils sous les plus suffocantes futaies, pour m'enfoncer jusqu'aux yeux dans la source de soie)

— Et nous envoyer, fouettés à travers les eaux clapotantes et les boissons répandues, rouler sur l'aboi des dogues...
— Un souffle disperse les limites du foyer.

NOTURNO VULGAR

Um sopro abre brechas operádicas nas paredes, — embaralha o eixo dos tetos podres, — dispersa os limites das lareiras, — eclipsa as vidraças. — Ao longo da vinha, apoiando o pé numa gárgula, — desci dentro dessa carruagem de uma época bem indicada pelos espelhos convexos, panôs abaulados, e sofás disformes. Carro funerário do meu sono, solitário, casa de pastor de minha tolice, o veículo vira sobre a relva da grande estrada encoberta: e num defeito no alto do espelho, à direita, giram pálidas figuras lunares, folhas, seios;

— Um verde e um azul escuros invadem a imagem. Desatrelagem na vizinhança de uma mancha de cascalho.

— Aqui vão vaiar à tempestade, e às Sodomas, — e às Solimas, — e aos animais ferozes e aos exércitos,

— (Postilhões e animais de sonho vão reaparecer sob as matas mais sufocantes, para me afogar até os olhos na nascente de seda)

— E a nos enviar, açoitados por águas agitadas e bebidas derramadas, rodar sobre os latidos de de mastins...
— Um sopro dispersa os limites da lareira.

MARINE

Les chars d'argent et de cuivre —
Les proues d'acier et d'argent —
Battent l'écume, —
Soulèvent les souches des ronces.
Les courants de la lande,
Et les ornières immenses du reflux,
Filent circulairement vers l'est,
Vers les piliers de la forêt, —
Vers les fûts de la jetée,
Dont l'angle est heurté par des tourbillons de lumière.

MARINHA

As carroças de prata e cobre —
As proas de aço e prata —
Espancam espumas, —
Singram ramos de sarças.
As correntezas do pântano,
E os rastros imensos do refluxo,
Fluem em círculos rumo a leste,
Rumo aos pilares da floresta, —
Rumo aos troncos do cais,
Cujo ângulo é ferido por turbilhões de luz.

FÊTE D'HIVER

La cascade sonne derrière les huttes d'opéra-comique. Des girandoles prolongent, dans les vergers et les allées voisins du Méandre, — les verts et les rouges du couchant. Nymphes d'Horace coiffées au Premier Empire, — Rondes Sibériennes, Chinoises de Boucher.

FESTA DE INVERNO

A cascata canta atrás das cabanas da ópera cômica. Girândolas prolongam, nos pomares e nas alamedas vizinhas ao Meandro,— os verdes e vermelhos do crepúsculo. Ninfas de Horácio com penteados do Primeiro Império, — Cirandas Siberianas, Chinesas de Boucher.

ANGOISSE

Se peut-il qu'Elle me fasse pardonner les ambitions continuellement écrasées, — qu'une fin aisée répare les âges d'indigence, — qu'un jour de succès nous endorme sur la honte de notre inhabileté fatale.

(O palmes! diamant! — Amour! force! — plus haut que toutes joies et gloires! — de toutes façons, partout, — démon, dieu — Jeunesse de cet être-ci; moi!)

Que des accidents de féerie scientifique et des mouvements de fraternité sociale soient chéris comme restitution progressive de la franchise première?...

Mais la Vampire qui nous rend gentils commande que nous nous amusions avec ce qu'elle nous laisse, ou qu'autrement nous soyons plus drôles.

Rouler aux blessures, par l'air lassant et la mer; aux supplices, par le silence des eaux et de l'air meurtriers; aux tortures qui rient, dans leur silence atrocement houleux.

ANGÚSTIA

Pode ser que Ela me faça perdoar as ambições continuamente esmagadas, — que um final feliz compense os tempos de indigência, — que um dia de sucesso nos adormeça sobre o vexame de nossa fatal incompetência.

(Ó palmas! diamante! — Amor! força! — maiores do que glórias e alegrias! — de qualquer modo, por toda parte, — demônio, deus — Juventude deste ser; eu!)

Que os acidentes de feitiços científicos e os movimentos de fraternidade social sejam queridos como a restituição progressiva da sinceridade primeira?...

Mas a Vampira que nos faz gentis nos manda brincar com o que ela nos deixa, ou então que fiquemos mais travessos.

Rolar nas feridas, pelo ar exausto e o mar; nos suplícios, pelo silêncio do ar e das águas assassinos; até as torturas que riem, em seu silêncio atrozmente encrespado.

MÉTROPOLITAIN

Du détroit d'indigo aux mers d'Ossian, sur le sable rose et orange qu'a lavé le ciel vineux viennent de monter et de se croiser des boulevards de cristal habités incontinent par de jeunes familles pauvres qui s'alimentent chez les fruitiers. Rien de riche. — La ville!

Du désert de bitume fuient droit en déroute avec les nappes de brumes échelonnées en bandes affreuses au ciel qui se recourbe, se recule et descend, formé de la plus sinistre fumée noire que puisse faire l'Océan en deuil, les casques, les roues, les barques, les croupes. — La bataille!

Lève la tête: ce pont de bois, arqué; les derniers potagers de Samarie; ces masques enluminés sous la lanterne fouettée par la nuit froide; l'ondine niaise à la robe bruyante, au bas de la rivière; ces crânes lumineux dans les plans de pois — et les autres fantasmagories — la campagne.

Des routes bordées de grilles et de murs, contenant à peine leurs bosquets, et les atroces fleurs qu'on appellerait cœurs et sœurs, Damas damnant de langueur, — possessions de féeriques aristocraties ultra-Rhénanes, Japonaises, Guaranies, propres encore à recevoir la musique des anciens — et il y a des auberges qui pour toujours n'ouvrent déjà plus — il y a des princesses, et si tu n'es pas trop accablé, l'étude des astres — le ciel.

Le matin où avec Elle, vous vous débattîtes parmi les éclats de neige, ces lèvres vertes, les glaces, les drapeaux noirs et les rayons bleus, et les parfums pourpres du soleil des pôles, — ta force.

METROPOLITANO

Do estreito de índigo aos mares de Ossian, sobre o laranja e o rosa da areia que banhou o céu de vinho, bulevares de cristal acabam de subir e se cruzar, habitados de repente por jovens famílias pobres que se alimentam nas quitandas. Nada de riqueza. — A cidade!

Fogem direto do deserto de betume em debandada, com lençóis de névoas escalonadas em faixas assustadoras no céu que se recurva, recua e desce feito da fumaça negra mais sinistra que o Oceano de luto possa produzir, elmos, rodas, barcos, ancas. — A batalha!

Levanta a cabeça: esta ponte de madeira, arqueada; as últimas hortas da Samaria; essas máscaras iluminadas sob a lanterna fustigada pela noite fria; ondina ingênua em trajes barulhentos, nos baixios do rio; esses crânios luminosos nas plantações de ervilha — entre outras fantasmagorias — o campo.

Trilhas bordejadas de grades e muros, contendo à força seus pequenos bosques, e flores atrozes que trazem nomes de dores e amores, Damasco danado de langor, — possessões de aristocracias feéricas ultrarrenanas, Japonesas, Guaranis, agora prontas para receber a música ancestral — e há albergues que agora não vão abrir jamais — e há princesas, e se não estás tão abatido, o estudo dos astros — o céu.

Na manhã onde, com Ela, tu te debatias entre estilhaços de neve, esses lábios verdes, os granizos, as bandeiras negras e os raios azuis, e os perfumes púrpuras do sol dos polos, — tua força.

BARBARE

Bien après les jours et les saisons, et les êtres et les pays,

Le pavillon en viande saignante sur la soie des mers et des fleurs arctiques; (elles n'existent pas.)

Remis des vieilles fanfares d'héroïsme — qui nous attaquent encore le cœur et la tête — loin des anciens assassins —

Oh! Le pavillon en viande saignante sur la soie des mers et des fleurs arctiques; (elles n'existent pas.)
Douceurs!

Les brasiers, pleuvant aux rafales de givre, — Douceurs!—les feux à la pluie du vent de diamants jetée par le cœur terrestre éternellement carbonisé pour nous. — O monde! —

(Loin des vieilles retraites et des vieilles flammes, qu'on entend, qu'on sent,)

Les brasiers et les écumes. La musique, virement des gouffres et choc des glaçons aux astres.

O Douceurs, ô monde, ô musique! Et là, les formes, les sueurs, les chevelures et les yeux, flottant. Et les larmes blanches, bouillantes, — ô douceurs! — et la voix féminine arrivée au fond des volcans et des grottes arctiques.

Le pavillon...

BÁRBARO

Bem depois dos dias e das estações, das pessoas e países,

A bandeira em carne sangrenta sobre a seda de oceanos e flores árticas; (elas não existem.)

Remido das velhas fanfarras do heroísmo — que ainda nos atacam cabeça e coração — longe dos antigos assassinos —

Oh! A bandeira de carne sangrenta sobre a seda de oceanos e flores árticas; (elas não existem.)
Doçuras!

As brasas, chovendo em rajadas de geada, — Doçuras! — os fogos na chuva de vento de diamantes lançada pelo coração terrestre eternamente carbonizado para nós. — Ó mundo! —

(Longe dos velhos refúgios e das velhas chamas, que se ouve, e se sente,)

As brasas e as espumas. A música, giro de abismos e choque de flocos de gelo contra os astros.

Ó Doçuras, ó mundo, ó música! E lá, as formas, os suores, os cabelos e os olhos, flutuando. E as lágrimas brancas, borbulhantes, — ó doçuras! — e a voz feminina que chega ao fundo dos vulcões e das grutas árticas.

A bandeira...

SOLDE

A vendre ce que les Juifs n'ont pas vendu, ce que noblesse ni crime n'ont goûté, ce qu'ignorent l'amour maudit et la probité infernale des masses; ce que le temps ni la science n'ont pas à reconnaître;

Les Voix reconstituées; l'éveil fraternel de toutes les énergies chorales et orchestrales et leurs applications instantanées; l'occasion, unique, de dégager nos sens!

A vendre les Corps sans prix, hors de toute race, de tout monde, de tout sexe, de toute descendance! Les richesses jaillissant à chaque démarche! Solde de diamants sans contrôle!

A vendre l'anarchie pour les masses; la satisfaction irrépressible pour les amateurs supérieurs; la mort atroce pour les fidèles et les amants!

A vendre les habitations et les migrations, sports, féeries et comforts parfaits, et le bruit, le mouvement et l'avenir qu'ils font!

A vendre les applications de calcul et les sauts d'harmonie inouïs. Les trouvailles et les termes non soupçonnés, possession immédiate,

Élan insensé et infini aux splendeurs invisibles, aux délices insensibles, — et ses secrets affolants pour chaque vice — et sa gaîté effrayante pour la foule.

A vendre les Corps, les voix, l'immense opulence inquestionable, ce qu'on ne vendra jamais. Les vendeurs ne sont pas à bout de solde! Les voyageurs n'ont pas à rendre leur commission de si tôt!

LIQUIDAÇÃO

Vende-se o que os Judeus não venderam, o que nem a nobreza nem o crime degustaram, o que o amor maldito e a honestidade infernal das massas ignoram; o que nem o tempo nem a ciência reconhecem;

As Vozes restauradas; o despertar fraterno de todas as energias corais e orquestrais e suas aplicações instantâneas; oportunidade única de liberar nossos sentidos!

Vende-se Corpos sem preço, sem distinção de raça, de todo mundo, de todo sexo, de toda descendência! Riquezas jorram a cada passo! Liquidação de diamantes sem controle!

Vende-se anarquia para as massas; satisfação irreprimível para amadores superiores; morte atroz para os fiéis e os amantes!

Vende-se casas e migrações, sports, espetáculos e comforts perfeitos, e o ruído, o movimento e o futuro que eles fazem!

Vende-se aplicações de cálculo e saltos inauditos de harmonia. As descobertas e cláusulas sem suspeita, posse imediata,

Impulso insensato e infinito aos esplendores invisíveis, às delícias insensíveis, — e seus segredos enlouquecedores para cada vício — e sua alegria assustadora para a multidão.

Vende-se Corpos, as vozes, a inquestionável opulência imensa, o que não se venderá jamais. Os vendedores têm muitos estoques para liquidar! Os viajantes não precisam ter pressa para entregar as encomendas!

FAIRY

Pour Hélène se conjurèrent les sèves ornamentales dans les ombres vierges et les clartés impassibles dans le silence astral. L'ardeur de l'été fut confiée à des oiseaux muets et l'indolence requise à une barque de deuils sans prix par des anses d'amours morts et de parfums affaissés.

— Après le moment de l'air des bûcheronnes à la rumeur du torrent sous la ruine des bois, de la sonnerie des bestiaux à l'écho des vals, et des cris des steppes. —

Pour l'enfance d'Hélène frissonnèrent les fourrures et les ombres, — et le sein des pauvres, et les légendes du ciel.

Et ses yeux et sa danse supérieurs encore aux éclats précieux, aux influences froides, au plaisir du décor et de l'heure uniques.

FAIRY

Por Helena conspiraram as seivas ornamentais nas sombras virgens e as claridades impassíveis no silêncio astral. O ardor do verão foi confiado a pássaros mudos e a indolência pedida a uma barca de lutos sem preço singrando angras de amores mortos e perfumes exaustos.

— Após o momento da canção das lenhadoras para o rumor da enxurrada sob a ruína dos bosques, dos tinidos de sinos de vacas ao eco dos vales, e do grito das estepes. —

Pela infância de Helena sombras e pelúcias arrepiaram, — e o seio dos pobres, e as lendas do céu.

E seus olhos e sua dança ainda superiores aos brilhos preciosos, às frias influências, ao prazer da hora e do cenário únicos.

GUERRE

Enfant, certains ciels ont affiné mon optique: tous le caractères nuancèrent ma physionomie. Les Phénomènes s'émurent. — A présent l'inflexion éternelle des moments et l'infini des mathématiques me chassent par ce monde où je subis tous les succès civils, respecté de l'enfance étrange et des affections énormes. — Je songe à une Guerre, de droit ou de force, de logique bien imprévue.

C'est aussi simple qu'une phrase musicale.

GUERRA

Criança, certos céus aguçaram minha ótica: todos os caráteres deixaram nuances em minha fisionomia. Fenômenos se comoveram. — Agora, a inflexão eterna dos momentos e o infinito das matemáticas me caçam por este mundo onde me submeto a todos os sucessos civis, respeitado pela infância estranha e por afetos imensos. — Sonho com uma Guerra, de direito ou de força, com uma lógica bem imprevisível.

Tão simples quanto uma frase musical.

JEUNESSE

I

DIMANCHE.

Les calculs de côté, l'inévitable descente du ciel, et la visite des souvenirs et la séance des rhythmes occupent la demeure, la tête et le monde de l'esprit.

— Un cheval détale sur le turf suburbain, et le long des cultures et des boisements, percé par la peste carbonique. Une misérable femme de drame, quelque part dans le monde, soupire après des abandons improbables. Les desperadoes languissent après l'orage, l'ivresse et les blessures. De petits enfants étouffent des malédictions le long des rivières. —

Reprenons l'étude au bruit de l'œuvre dévorante qui se rassemble et remonte dans les masses.

II

SONNET.

Homme de constitution ordinaire, la chair n'était-elle pas un fruit pendu dans le verger, ô journées enfantes! le corps un trésor à prodiguer; ô aimer, le péril ou la force de Psyché? La terre avait des versants fertiles en princes et en artistes, et la descendance et la race nous poussaient aux crimes et aux deuils: le monde votre fortune et votre péril. Mais à présent, ce labeur comblé, toi, tes calculs, toi, tes impatiences, ne sont plus que votre danse et votre voix, non fixées et point forcées, quoique d'un double événement d'invention et de succès une raison, en l'humanité fraternelle et discrète par l'univers sans images; — la force et le droit réfléchissent la danse et la voix à présent seulement appréciées.

JUVENTUDE

I

DOMINGO.

Cálculos à parte, a inevitável descida do céu, e a visita de lembranças e uma sessão de ritmos ocupa a casa, a cabeça e o mundo do espírito.

— Um cavalo dispara no turf suburbano, ao longo das lavouras e reflorestamentos, atacado pela peste carbônica. Uma miserável dama de drama, em algum lugar do mundo, suspira depois de abandonos improváveis. Desperadoes anseiam por tempestade, porres e feridas. Crianças sufocam maldições nas margens dos rios. —

Retomemos o estudo ao rumor da obra devorante que de novo se forma e sobe entre as massas.

II

SONETO.

Homem de constituição ordinária, não era mais a carne o fruto suspenso no pomar, ó dias infantis! o corpo, um tesouro pra gastar; ó amar, perigo ou força de Psique? A terra continha encostas férteis em príncipes e artistas, e a descendência e a raça vos levava aos crimes e aos lutos: o mundo, vossa fortuna e vosso perigo. Mas agora, obra acabada, você, seus cálculos, você, suas impaciências, não são mais que vossa dança e vossa voz, nem fixas nem forçadas, ainda que de um duplo evento de invenção e de sucesso uma razão, na humanidade fraterna e discreta pelo universo sem imagens; — a força e o direito refletem a dança e a voz somente agora apreciadas.

III

VINGT ANS.

Les voix instructives exilées... L'ingénuité physique amèrement rassise... Adagio. Ah! l'égoïsme infini de l'adolescence, l'optimisme studieux: que le monde était plein de fleurs cet été! Les airs et les formes mourant... Un chœur, pour calmer l'impuissance et l'absence! Un chœur de verres de mélodies nocturnes... En effet les nerfs vont vite chasser.

IV

Tu en es encore à la tentation d'Antoine. L'ébat du zèle écourté, les tics d'orgueil puéril, l'affaiblissement et l'effroi. Mais tu te mettras à ce travail: toutes les possibilités harmoniques et architecturales s'émouvront autour de ton siège. Des êtres parfaits, imprévus, s'offriront à tes expériences. Dans tes environs affluera rêveusement la curiosité d'anciennes foules et de luxes oisifs. Ta mémoire et tes sens ne seront que la nourriture de ton impulsion créatrice. Quant au monde, quand tu sortiras, que sera-t-il devenu? En tout cas, rien des apparences actuelles.

III

VINTE ANOS.

Vozes instrutivas exiladas... A ingenuidade física amargamente domada... Adagio. Ah! o egoísmo infinito da adolescência, o otimismo estudioso: como o mundo se encheu de flores nesse verão! Árias e formas morrendo... Um coro, que acalme a impotência e a ausência! Um coro de copos, de melodias noturnas... Na verdade nervos velozes saem à caça.

IV

Estás ainda na tentação de Antônio. Travessura de zelo encurtado, tiques de orgulho pueril, o abatimento e o espanto. Mas tu te pões a trabalhar: todas as possibilidades harmônicas e arquiteturais vão se comover ao redor de tua cadeira. Seres perfeitos, imprevisíveis, vão se oferecer às tuas experiências. À tua volta fluirão em sonhos a curiosidade das antigas multidões e dos luxos ociosos. Tua memória e teus sentidos serão o único alimento de teu impulso criativo. Quanto ao mundo, o que será dele quando tu te fores? Em todo caso, nada das aparências atuais.

PROMONTOIRE

L'aube d'or et la soirée frissonnante trouvent notre brick en large en face de cette villa et de ses dépendances, qui forment un promontoire aussi étendu que l'Épire et le Péloponnèse, ou que la grande île du Japon, ou que l'Arabie! Des fanums qu'éclaire la rentrée des théories, d'immenses vues de la défense des côtes modernes; des dunes illustrées de chaudes fleurs et de bacchanales; de grands canaux de Carthage et des Embankments d'une Venise louche; de molles éruptions d'Etnas et des crevasses de fleurs et d'eaux des glaciers; des lavoirs entourés de peupliers d'Allemagne; des talus de parcs singuliers penchant des têtes d'Arbre du Japon; et les façades circulaires des "Royal" ou des "Grand" de Scarbro' et de Brooklyn; et leurs railways flanquent, creusent, surplombent les dispositions de cet Hôtel, choisies dans l'histoire des plus élégantes et des plus colossales constructions de l'Italie, de l'Amérique et de l'Asie, dont les fenêtres et les terrasses à présent pleines d'éclairages, de boissons et de brises riches, sont ouvertes à l'esprit des voyageurs et des nobles — qui permettent, aux heures du jour, à toutes les tarentelles des côtes, — et même aux ritournelles des vallées illustres de l'art, de décorer merveilleusement les façades du Palais-Promontoire.

PROMONTÓRIO

A aurora dourada e o pôr do sol arrepiante encontram nosso brick ao largo, diante dessa vila e de suas dependências, que formam um promontório tão extenso quanto o Épiro e o Peloponeso, ou mesmo a grande ilha do Japão, quem sabe a Arábia! Templos iluminados pelo retorno das teorias, das vistas imensas da defesa das costas modernas; dunas ilustradas de flores quentes e de bacanais; dos grandes canais de Cartago e os Embankments de uma Veneza suspeita; a erupção mole de Etnas e as fissuras de flores e águas das geleiras; lavatórios rodeados de álamos da Alemanha; declives de parques singulares inclinando as copas da Árvore do Japão; e as fachadas circulares dos "Royal" ou dos "Grand" de Scarbro' e do Brooklyn; e seus railways flanqueiam, cruzam e pendem sobre as disposições deste Hotel, escolhidas na história das mais elegantes e mais colossais construções da Itália, América, Ásia, em cujas janelas e terraços, agora cheios de luzes, de bebidas e brisas chiques, estão abertos ao espírito dos viajantes e dos nobres — permitindo, durante o dia, a todas as tarantelas do litoral, — e até mesmo aos ritornelos dos vales ilustres da arte, decorar maravilhosamente as fachadas do Palácio-Promontório.

SCÈNES

L'ancienne Comédie poursuit ses accords et divise ses Idylles:

Des boulevards de tréteaux.

Un long pier en bois d'un bout à l'autre d'un champ rocailleux où la foule barbare évolue sous les arbres dépouillés.

Dans des corridors de gaze noire, suivant le pas des promeneurs aux lanternes et aux feuilles.

Des oiseaux des mystères s'abattent sur un ponton de maçonnerie mû par l'archipel couvert des embarcations des spectateurs.

Des scènes lyriques, accompagnées de flûte et de tambour s'inclinent dans des réduits ménagés sous les plafonds, autour des salons de clubs modernes ou des salles de l'Orient ancien.

La féerie manœuvre au sommet d'un amphithéâtre couronné de taillis, — Ou s'agite et module pour les Béotiens, dans l'ombre des futaies mouvantes sur l'arête des cultures.

L'opéra-comique se divise sur une scène à l'arête d'intersection de dix cloisons dressées de la galerie aux feux.

CENAS

A antiga Comédia prossegue em seus acordes e divide seus Idílios:

Bulevares de palco.

Um longo pier de madeira de um canto a outro do campo rochoso onde a multidão bárbara evolui sob árvores despojadas.

Nos corredores de gaze negra, seguindo os passos dos transeuntes com lanternas e folhas.

Os pássaros dos mistérios se precipitam sobre um pontilhão de alvenaria movido pelo arquipélago coberto com embarcações dos espectadores.

Cenas líricas acompanhadas de flautas e tambor se inclinam nos nichos dispostos sob os tetos ao redor dos salões de clubs modernos ou das salas do Oriente antigo.

Truque cênico no alto do anfiteatro coroado de matas, — Ou se agita e modula aos Beócios, à sombra das florestas ondulantes, sobre o ângulo das culturas.

A ópera-cômica se divide sobre um palco no ângulo de intersecção de dez painéis dispostos da galeria às luzes.

SOIR HISTORIQUE

En quelque soir, par exemple, que se trouve le touriste naïf, retiré de nos horreurs économiques, la main d'un maître anime le clavecin des prés; on joue aux cartes au fond de l'étang, miroir évocateur des reines et des mignonnes; on a les saintes, les voiles, et les fils d'harmonie, et les chromatismes légendaires, sur le couchant.

Il frissonne au passage des chasses et des hordes. La comédie goutte sur les tréteaux de gazon. Et l'embarras des pauvres et des faibles sur ces plans stupides!

A sa vision esclave, l'Allemagne s'échafaude vers des lunes; les déserts tartares s'éclairent; les révoltes anciennes grouillent dans le centre du Céleste Empire; par les escaliers et les fauteuils de rocs, un petit monde blême et plat, Afrique et Occidents, va s'édifier. Puis un ballet de mers et de nuits connues, une chimie sans valeur, et des mélodies impossibles.

La même magie bourgeoise à tous les points où la malle nous déposera! Le plus élémentaire physicien sent qu'il n'est plus possible de se soumettre à cette atmosphère personnelle, brume de remords physiques, dont la constatation est déjà une affliction.

Non! Le moment de l'étuve, des mers enlevées, des embrasements souterrains, de la planète emportée, et des exterminations conséquentes, certitudes si peu malignement indiquées dans la Bible et par les Nornes et qu'il sera donné à l'être sérieux de surveiller. — Cependant ce ne sera point un effet de légende!

TARDE HISTÓRICA

Em qualquer tarde, por exemplo, em que se encontra o turista ingênuo, indiferente aos nossos horrores econômicos, a mão de um maestro anima o cravo das campinas; joga-se cartas no fundo do lago, espelho que evoca rainhas e favoritas; há santas, véus, e fios de harmonia, e os cromatismos lendários, sobre o pôr do sol.

Ele treme à passagem de caçadas e hordas. A comédia goteja sobre palcos de relva. E o embaraço dos pobres e dos fracos nesses planos estúpidos!

Em sua visão escrava, a Alemanha se andaima rumo as luas, os desertos tártaros se iluminam; antigas revoluções fervilham no centro do Celeste Império; pelas escadas e poltronas de rochas, um pequeno mundo lívido e chato, África e Ocidentes, vai se edificar. E depois um balé de mares e noites conhecidas, uma química sem valor, e melodias impossíveis.

A mesma magia burguesa onde quer que nos deixe a diligência do correio! Até um físico principiante sente que é impossível submeter-se a essa atmosfera pessoal, bruma de remorsos físicos, cuja constatação já é uma aflição.

Não! O instante da estufa, de mares revoltos, conflagrações subterrâneas, o planeta irado e consequentes extermínios, certezas apontadas na Bíblia e pelas Nornas com tão pouca malícia, e que caberá ao ser sério vigiar. — No entanto, isso não será o efeito de uma lenda!

BOTTOM

La réalité étant trop épineuse pour mon grand caractère, — je me trouvai néanmoins chez Madame, en gros oiseau gris bleu s'essorant vers les moulures du plafond et traînant l'aile dans les ombres de la soirée.

Je fus, au pied du baldaquin supportant ses bijoux adorés et ses chefs-d'œuvre physiques, un gros ours aux gencives violettes et au poil chenu de chagrin, les yeux aux cristaux et aux argents des consoles.

Tout se fit ombre et aquarium ardent. Au matin, — aube de juin batailleuse, — je courus aux champs, âne, claironnant et brandissant mon grief, jusqu'à ce que les Sabines de la banlieue vinrent se jeter à mon poitrail.

BOTTOM

A realidade sendo espinhosa demais pro meu grande caráter, — me vi na casa de Madame, um imenso pássaro azul-cinza se debatendo contra os relevos do teto e arrastando as asas nas sombras da tarde.

Fui, aos pés do sobrecéu que sustentava suas joias adoradas e suas obras-primas físicas, um imenso urso de gengivas violetas e pelos grisalhos de mágoa, de olho nos cristais e nas pratarias dos consoles.

Tudo se fez sombra e aquário ardente. De manhã, — aurora combativa de junho, — corri pros campos, asno, trombeteando e brandindo minha dor, até que Sabinas de subúrbio se jogaram no meu peito.

H

Toutes les monstruosités violent les gestes atroces d'Hortense. Sa solitude est la mécanique érotique; sa lassitude, la dynamique amoureuse. Sous la surveillance d'une enfance, elle a été, à des époques nombreuses, l'ardente hygiène des races. Sa porte est ouverte à la misère. Là, la moralité des êtres actuels se décorpore en sa passion ou en son action. — O terrible frisson des amours novices sur le sol sanglant et par l'hydrogène clarteux! trouvez Hortense.

* * *

H

Todas as monstruosidades violentam os gestos atrozes de Hortênsia. Sua solidão é mecânica erótica, sua lassidão, dinâmica amorosa. Sob a vigilância de uma infância, ela tem sido, em numerosas épocas, a higiene ardente das raças. Sua porta está aberta à miséria. Ali, a moralidade desses seres atuais se desencorpora em sua paixão ou em sua ação. — Ó terrível frisson de amores novos no chão sangrento e pelo transparente hidrogênio! Encontrem Hortência.

* * *

MOUVEMENT

Le mouvement de lacet sur la berge des chutes du fleuve,
Le gouffre à l'étambot,
La célérité de la rampe,
L'énorme passade du courant
Mènent par les lumières inouïes
Et la nouveauté chimique
Les voyageurs entourés des trombes du val
Et du strom.

Ce sont les conquérants du monde
Cherchant la fortune chimique personnelle;
Le sport et le confort voyagent avec eux;
Ils emmènent l'éducation
Des races, des classes et des bêtes, sur ce vaisseau
Repos et vertige
A la lumière diluvienne,
Aux terribles soirs d'étude.

Car de la causerie parmi les appareils, le sang, les fleurs, le feu,
[les bijoux,
Des comptes agités à ce bord fuyard,
— On voit, roulant comme une digue au-delà de la route hydrau-
[lique motrice,
Monstrueux, s'éclairant sans fin, — leur stock d'études;
Eux chassés dans l'extase harmonique,
Et l'héroïsme de la découverte.

Aux accidents atmosphériques les plus surprenants,
Un couple de jeunesse, s'isole sur l'arche,
— Est-ce ancienne sauvagerie qu'on pardonne? —
Et chante et se poste.

MOVIMENTO

O movimento oscilante nas margens das quedas do rio,
O abismo na popa,
A rapidez da rampa,
A passada imensa da correnteza
Levam por luzes inauditas
E novidade química
Os viajantes rodeados pelas trombas-d'água do vale
E do strom.

Esses são os conquistadores do mundo
À procura da fortuna química pessoal;
Esporte e conforto viajam com eles;
Eles levam a educação
Das raças, classes e bichos, nesse navio
Repouso e vertigem
À luz diluviana
Nas noites terríveis de estudo.

Pois das conversas em meio aos aparelhos, o sangue, as flores,
[o fogo, as joias,
Dos registros agitados dessa nau fugitiva,
— Se vê, rolando como um dique além da rota hidráulica
[motriz,
Monstruoso, luz que não tem fim, — seu stock de estudos;
Impelidos ao êxtase harmônico,
E o heroísmo da descoberta.

Nos acidentes atmosféricos mais surpreendentes,
Um casal de jovens isola-se na arca.
— Essa selvageria primitiva tem perdão? —
E canta, a postos.

DÉVOTION

A ma sœur Louise Vanaen de Voringhem: — Sa cornette bleue tournée à la mer du Nord. — Pour les naufragés.

A ma sœur Léonie Aubois d'Ashby. Baou — l'herbe d'été bourdonnante et puante. — Pour la fièvre des mères et des enfants.

A Lulu, — démon — qui a conservé un goût pour les oratoires du temps des Amies et de son éducation incomplète. Pour les hommes! — A madame ***.

A l'adolescent que je fus. A ce saint vieillard, ermitage ou mission.

A l'esprit des pauvres. Et à un très haut clergé.

Aussi bien à tout culte en telle place de culte mémoriale et parmi tels événements qu'il faille se rendre, suivant les aspirations du moment ou bien notre propre vice sérieux.

Ce soir à Circeto des hautes glaces, grasse comme le poisson, et enluminée comme les dix mois de la nuit rouge, — (son cœur ambre et spunk), — pour ma seule prière muette comme ces régions de nuit et précédant des bravoures plus violentes que ce chaos polaire.

A tout prix et avec tous les airs, même dans des voyages métaphysiques. — Mais plus alors.

* * *

DEVOÇÃO

Para minha irmã Louise Vanaen de Voringhem: — Seu chapeuzinho azul voltado para o mar do Norte. — Para os náufragos.

Para minha irmã Léonie Aubois d'Ashby. Baou — a erva do verão barulhenta e fétida. — Para a febre de mães e filhos.

Para Lulu, — demônio — que guardou um gosto por oratórios dos tempos das *Amies* e sua educação incompleta. Para os homens! — Para madame ***.

Para o adolescente que fui. Para o velho santo, ermida ou missão.

Para o espírito dos pobres. Para o mais alto clero.

Assim como para qualquer culto num tal lugar de culto memorial e entre tais acontecimentos que seja preciso se render, seguindo as aspirações do momento ou nosso próprio vício sério.

Este entardecer na Circeto de altos gelos, oleosa como peixe, iluminada como os dez meses da noite vermelha, — (seu coração âmbar e spunk), — por minha oração solitária e muda como essas regiões da noite que precedem as bravuras mais violentas que esse caos polar.

A todo preço e em todos os ares, até mesmo nas viagens metafísicas. — Mas não *outrora*.

* * *

DÉMOCRATIE

"*Le drapeau va au paysage immonde, et notre patois étouffe le tambour.*

"*Aux centres nous alimenterons la plus cynique prostitution. Nous massacrerons les révoltes logiques.*

"*Aux pays poivrés et détrempés! — au service des plus monstrueuses exploitations industrielles ou militaires.*

"*Au revoir ici, n'importe où. Conscrits du bon vouloir, nous aurons la philosophie féroce; ignorants pour la science, roués pour le confort; la crevaison pour le monde qui va. C'est la vraie marche. En avant, route!*"

DEMOCRACIA

"A bandeira avança na paisagem imunda, e nosso jargão abafa o tambor.

"Nos centros, alimentaremos a mais cínica prostituição. Massacraremos as revoltas lógicas.

"Em países apimentados e pantanosos! — a serviço das mais monstruosas explorações industriais ou militares.

"Adeus aqui, não importa onde. Recrutas de boa vontade, nossa filosofia será feroz; ignorantes sobre ciência, corrompidos pelo conforto; que esse mundo se exploda. Esta é a verdadeira marcha. Em frente, estrada!"

GÉNIE

Il est l'affection et le présent puisqu'il a fait la maison ouverte à l'hiver écumeux et à la rumeur de l'été, lui qui a purifié les boissons et les aliments, lui qui est le charme des lieux fuyants et le délice surhumain des stations. Il est l'affection et l'avenir, la force et l'amour que nous, debout dans les rages et les ennuis, nous voyons passer dans le ciel de tempête et les drapeaux d'extase.

Il est l'amour, mesure parfaite et réinventée, raison merveilleuse et imprévue, et l'éternité: machine aimée des qualités fatales. Nous avons tous eu l'épouvante de sa concession et de la nôtre: ô jouissance de notre santé, élan de nos facultés, affection égoïste et passion pour lui, lui qui nous aime pour sa vie infinie...

Et nous nous le rappelons et il voyage... Et si l'Adoration s'en va, sonne, sa promesse sonne: "Arrière ces superstitions, ces anciens corps, ces ménages et ces âges. C'est cette époque-ci qui a sombré!"

Il ne s'en ira pas, il ne redescendra pas d'un ciel, il n'accomplira pas la rédemption des colères de femmes et des gaîtés des hommes et de tout ce péché: car c'est fait, lui étant, et étant aimé.

O ses souffles, ses têtes, ses courses; la terrible célérité de la perfection des formes et de l'action.

O fécondité de l'esprit et immensité de l'univers!

Son corps! Le dégagement rêvé le brisement de la grâce croisée de violence nouvelle! sa vue, sa vue! tous les agenouillages anciens et les peines relevés à sa suite.

GÊNIO

Ele é o afeto e o presente pois abriu a casa ao inverno espumante e ao rumor do verão, ele que purificou as bebidas e os alimentos, ele que é o charme dos lugares fugazes e a delícia super-humana das estações. Ele é o afeto e o futuro, a força e o amor que nós, de pé sobre ódios e tédios, vemos passar no céu de tempestades e bandeiras de êxtase.

Ele é o amor, medida perfeita e reinventada, razão maravilhosa e imprevisível, e a eternidade: máquina amada por suas qualidades fatais. Sentimos o terror de sua concessão e da nossa: ó prazer de nossa saúde, impulso de nossas faculdades, afeto egoísta e paixão por ele, ele que nos ama em sua vida infinita...

Dele nos lembramos e ele viaja... E se a Adoração se vai, ressoa, sua promessa ressoa: "Abaixo essas superstições, esses corpos antigos, esses casais e idades. Foi esta época que naufragou!"

Ele não irá embora, nem de novo descerá de nenhum céu, e nem cumprirá a redenção das iras femininas e das alegrias dos homens e de todo este pecado: porque está cumprido, ele estando, e estando amado.

Ó seus suspiros, suas cabeças, suas corridas; a terrível velocidade da perfeição das formas e da ação.

Ó fecundidade do espírito e a imensidão do universo!

Seu corpo! A liberação sonhada, o estilhaçar da graça atravessada por uma nova violência! sua visão, sua visão! todo o antigo ajoelhar e as penas *absolvidas* à sua passagem.

Son jour! l'abolition de toutes souffrances sonores et mouvantes dans la musique plus intense.

Son pas! les migrations plus énormes que les anciennes invasions.

O lui et nous! l'orgueil plus bienveillant que les charités perdues.

O monde! et le chant clair des malheurs nouveaux!

Il nous a connus tous et nous a tous aimés. Sachons, cette nuit d'hiver, de cap en cap, du pôle tumultueux au château, de la foule à la plage, de regards en regards, forces et sentiments las, le héler et le voir, et le renvoyer, et sous les marées et au haut des déserts de neige, suivre ses vues, ses souffles, son corps, son jour.

Seu dia! a abolição de todos os sofrimentos sonoros e móveis numa música mais intensa.

Seu passo! as migrações mais vastas que as antigas invasões.

Ó ele e nós! o orgulho mais bondoso que as caridades perdidas.

Ó mundo! cristalina canção de novas desgraças!

Ele nos conheceu a todos e a todos amou. Saibamos, nesta noite de inverno, de cabo a cabo, do polo turbulento ao castelo, da multidão à praia, de olhar a olhar, força e afetos lassos, e aprender a saudá-lo e vê-lo, e enviá-lo de volta, e sob as marés e no alto dos desertos nevados, seguir suas visões, seus sopros, seu corpo, seu dia.

NOTAS AOS POEMAS

A ordem dos poemas adotada neste livro segue a edição crítica de H. de Bouillane de Lacoste, *Illuminations (Painted Plates)*, Paris: Mercure de France, 1949.

* * *

Iluminuras (Gravuras Coloridas) / *Illuminations (Coloured Plates)*

DEPOIS DO DILÚVIO / *APRÈS LE DÉLUGE*

Para alguns estudiosos, o poema se refere à enchente do Tâmisa em Londres, em 1873.

Mazagrans. O termo remonta à época da conquista da Argélia pelos franceses. Café frio ao qual se adiciona álcool, servindo-se em recipientes grandes e fundos.

Madame***. O manuscrito original está rasurado. Impossível determinar quem seja. Referência ao episódio em que começou a aprender a tocar piano.

Thymus. No original, "*thym*": timo ou tomilho. Erva encontrada na região mediterrânea e também em regiões secas.

Églogas. No original "*églogues*". Composição poética do gênero bucólico, geralmente dialogada, cujas personagens são quase sempre pastores ou mesmo pescadores e caçadores, em que se fala dos seus amores ou das cenas da vida campestre.

Êucaris. Planta branca (*Eucharis grandiflora*) da família das *amarilidáceas.* Também personagem da *Odisseia.*

Infância / *Enfance*

Enfantes. Palavra encontrada na Seção I do original. Neologismo criado por Rimbaud à semelhança da palavra "*géantes*".
Oeillets. Literalmente, "cravo", "flor do craveiro". Contudo, Rimbaud joga com outra palavra sonoramente idêntica: "*oeillete*", que significa "dormideira" ou mesmo "papoula".
Lessive: literalmente "lavagem", "banho de metais", lixívia é o nome que os alquimistas davam para uma substância secreta, assim chamada porque com ela se purificavam os metais.

Desfile / *Parade*

Enigmática abertura, com um quê de trava-língua: "*drôles*" tem várias acepções (bizarros, engraçados, palhaços, travessos, cafajestes, malandros). "*Solides*": eles são resistentes, fortes, musculosos, sólidos.
Ouropéis. No original, "*oripeaux*". Ouropel é uma folha muito fina e lustrosa de latão que imita o ouro; ouro falso, ouro de tolo.
Chérubin. Personagem de Beaumarchais na peça *Le Mariage de Figaro.* Trata-se de um jovem e delicado pajem.
On les envoie prende du dos. Em *La Vie Étrange de L'Argot* (1931), Émile Chautard define a expressão *prend du dos* como "pederastia ativa". Segundo Chambon (1990) e outros, Rimbaud se utiliza aqui de uma gíria obscena de sua época que significa "sodomizar", "praticar pederastia ativa", no sentido de "pegar pelas costas", "montar no dorso". Pode ser também algum número de acrobacia e os movimentos do arlequim, o que também estaria dentro do contexto. Rimbaud pode ter querido expressar os três sentidos.
Hottentots. Povo Khoisiano do Sul da África. Referência de Rimbaud à obra de Ch. P. Thungerg, que narra suas viagens à África do Sul e Japão.

Molochs. Deidade para a qual se sacrificavam crianças na época da monarquia em Israel.

Bonnes filles. Essa expressão empregada com aspas por Rimbaud se refere à música "açucarada", "melosa" e principalmente decorosa.

Parade. Parece ser um indício de que Rimbaud trabalhara como intérprete de uma trupe de artistas mambembes alemães. Se isso estiver correto, é provável que Rimbaud ainda continuasse a escrever as *Illuminations* no período posterior a 1875.

ANTIQUE / *ANTIQUE*

Mantivemos o título original, pois a palavra se refere tanto a "tempos antigos" como também "antiguidades" (como o fauno hermafrodita descrito no poema).

Pan. Na mitologia grega, protetor dos pastores e dos rebanhos. Deus da fecundidade e da potência sexual, metade homem, metade bode. Inventor da Seringe, a flauta de Pan. Aparentemente, uma resposta ao poema "Faune", de Paul Verlaine. Realçamos o sentido erótico e jocoso de *de gauche* (perna "esquerda"), para perna "torta".

BEING BEAUTEOUS / *BEING BEAUTEOUS*

Being Beauteous. Literalmente, "Sendo Belo". Esse título é uma citação de um poema de Longfellow, "Footsteps of Angels", que consta do livro *Voices of the Night*. O primeiro verso fala da aparição de um ser de "alto talhe" é uma remissão ao Corpus Hermeticum atribuído a Hermes Trimegistus.

Brasão de crina. Referência ao formato do púbis feminino, segundo alguns intérpretes.

Vidas / *Vies*

Ouvre. Aqui no sentido alquímico de "Grande Obra", criação da pedra filosofal (da poesia).
Comission. Significa porcentagem (num negócio), recado, encargo, e relativo à comitê.

Realeza / *Royauté*

Na alquimia, a combinação do enxofre e mercúrio é chamado de o "coito do Rei e da Rainha".

A uma Razão / *A une Raison*

Outro poema prenunciatório. Três temas importantes do livro aparecem aqui: o tema da guerra, do colonialismo e, novamente, da alquimia.
Crible les fléaux. Depure-nos dos flagelos, *"crible"* sendo palavra usada pelos alquimistas no sentido de peneirar, purificar, depurar.

Manhã de Embriaguez / *Matinée d'Ivresse*

Um dos poemas que fazem referência à intoxicação pelo haxixe, que Rimbaud conheceu em Paris. Inspirado nas experiências de Baudelaire e De Quincey.
Digne. Rimbaud grafou *"dignes"* mas posteriormente riscou o "s".
Chevalet. "Cavalete", instrumento de tortura usado na Idade Média. Outras possibilidades: cavalete de pintura ou de instrumento de corda.
Assassins. Originalmente referente à *Nizari Isma'illis*, uma seita islâmica político-religiosa dos séculos XI-XIII, que considerava a eliminação de seus inimigos um dever religioso. Esse termo foi introduzido na Europa pelos cruzados que vinham da Síria; deriva

do árabe "*hashishin*" (comedor de haxixe), pois os membros da seita ingeriam essa droga antes de cometerem seus atos de terrorismo. Rimbaud retoma a palavra no poema "Bárbaro".

Âges. Alguns estudiosos sugerem que, quando Rimbaud se refere a "*âges*", está se referindo também às "etapas" do trabalho alquímico.

FRASES / *PHRASES*

Tinta da China. Vertemos como "tinta Nankin" porque é como esta tinta é conhecida entre nós.

AS PONTES / *LES PONTS*

Possível referência às inúmeras pontes que cortam o Tâmisa em Londres.

CIDADE / *VILLE*

Erínias. No original, "*érinnyes*". Nome dado aos demônios da vingança. Os romanos as chamavam de Fúrias. Filhas de Terra, fecundada pelo sangue de Urano mutilado por Cronos. São Alecto, Tisífone e Megera, encarregadas de punir as ofensas contra as leis da sociedade humana. Tinham asas e cabelos de serpentes, seus castigos eram em forma de doenças epidêmicas, remorso, angústia ou loucura; para não despertarem o seu furor, os gregos se dirigiam a elas chamando-as de Eumênides, isto é, "Benfazejas".

Cottage. Em inglês, no original. Casa de campo, choça, cabana.

RASTROS / *ORNIÈRES*

Ornières. No sentido de rastros dos veículos numa estrada, mas também sulco de terrenos arados.

Talus. "Talude", terreno inclinado, escarpa, declive, encosta. Palavra recorrente nas *Illuminations*.

Aurora. Novamente a presença deste momento do dia preferido do notívago Rimbaud, em que noite e dia se fundem, magicamente. Palavra recorrente em títulos de obras alquímicas.

Bossé. Neologismo de Rimbaud, em analogia a "*une bosse*" (uma corcunda humana, ou bossa, protuberância em certos animais, como o camelo).

CIDADES / *VILLES*

Alleghanys. Nome dado à parte da cordilheira dos Montes Apalaches (EUA).

Rolands. Roland: herói da *Chanson de Roland* (c. 1100), que narra a batalha de Roncevaux.

Vênus. Vênus ou a Afrodite grega. Deusa do amor e da beleza. Nascida da espuma do mar, se casou com Hefaístos, o Vulcano romano, deus do fogo e ferreiro dos deuses, cujas forjas e oficinas se situavam no vulcão Etna.

Orfeu. Rimbaud emprega *orphéoniques*. Músico e poeta e inventor da lira. A natureza era sensível a sua música e beleza física, mesmo os cursos d'água se detinham perante ele. Participou da expedição dos Argonautas e, quando se elevou uma imensa tempestade, acalmou os elementos dedilhando sua lira.

Mabs. Referência à Rainha Mab, uma fada minúscula citada pelo personagem Mercutio em *Romeu e Julieta*, de William Shakespeare, cujo feitiço é instigar os sonhos de realização de desejos nos seres humanos.

Diana. Deusa da caça e da castidade, personifica a lua. Transformou em cervo o caçador Acteon, que a viu banhar-se numa fonte. (Ovídio, Livro III de *As Metamorfoses*).

Bacantes. Sacerdotisas de Baco ou Dioniso que, seminuas e de cabelos soltos, portavam fachos e gritavam o nome do deus.

Élans. Tanto "impulso vital" quanto certa espécie de veado nórdico.

Bagdá. Cidade associada por Rimbaud ao livro *As mil e uma noites.*

VAGABUNDOS / *VAGABONDS*

Satânico doutor. Rimbaud repete a mesma expressão para designar seu amante, o poeta Paul Verlaine, em *Uma Temporada no Inferno.*

Vin des cavernes. Vinho das cavernas. Trocadilho com a palavra "tavernas". A água, segundo alguns estudiosos.

CIDADES / *VILLES*

Hampton Court. Palácio planejado por William III, residência real em Londres.

Nabucodonosor. Rei de Babilônia, vencedor do faraó Necao em Carcamis. Tomou Jerusalém e a destruiu parcialmente. Mesmo em Daniel 1-5, a figura desse rei já se reveste de aspectos lendários.

... plus fiers que des***. Palavra ilegível no texto manuscrito das *Illuminations.* Talvez Brennus, Bravi ou brahmanes. Lacoste omite.

Squares. No original a palavra é mesmo em inglês. "Quadras", quarteirões.

Nababs. Nababos. Segundo Aurélio: "(por ext.) no tempo da companhia inglesa das Índias, o europeu que ocupava alto posto e enriquecia; milionário; pessoa que vive com grande fausto".

Rúpias. Unidade monetária da Índia.

Circus. Referência a Piccadilly Circus em Londres.

Vigílias / *Veillés*

Arbre de bâtisse. Literalmente, árvore da/de construção. Rimbaud se refere aqui à nossa "viga-mestra" (*"crown post"*, em inglês, aquitrave, um pilar que se abre em "galhos" para sustentar o teto de igrejas e casas na Idade Media.
Accidences. A palavra não existe em francês. Rimbaud pode se referir tanto a "acidente" quanto "acidência" e que pode ter emprestado do inglês, língua que ele estudava com afinco na época.
Steerage. Parte do navio onde ficavam os passageiros de segunda e terceira classes.

Mística / *Mystique*

Mamelon. Duplo sentido, pois tanto pode significar "mamilo", "mama" quanto "colina", "monte".

Aurora / *Aube*

Wasserfall. Rimbaud emprega essa palavra em alemão que significa "cascata", "queda d'água".

Flores / *Fleurs*

Digitalis. Planta da família das escrofulariáceas que tem propriedades narcóticas.

Noturno Vulgar / *Nocturne Vulgaire*

Operadiques. À feição de ópera. V.P. Underwood assinalou esta palavra na obra dos irmãos Goncourt quando estes tratam da obra do pintor francês Watteau. Mantivemos "operádicas".

Foyer. Vários significados: "lareira", "lar", "hall de ópera", "lugar para fumar" e "foco".

Sodomas. Na Bíblia, diz-se que seus habitantes haviam se entregado a todos os tipos de excessos e de corrupção. Foram punidos pelo desmoronamento da região Sudoeste do lago, pelo incêndio de um poço de betume muito comum naquele vale e pela chuva de enxofre e fogo (Gên. 13, 13; 18-19; 21, 4-5).

Solimas. Jerusalém. A palavra "solima" aparece em "Va, pensiero", coro dos escravos hebreus, terceiro ato da ópera *Nabucco* (1842) de Giuseppe Verdi.

MARINHA / *MARINE*

Poema em "versos livres". Aliás, ressalte-se, o primeiro poema em versos livres escrito em língua francesa, inspirado numa tela do pintor inglês William Turner, segundo alguns, e na viagem de Rimbaud da Bélgica à Inglaterra.

Fuste (s.m.). Haste de madeira; peça de estear os mastros dos navios; parte principal da coluna, entre o capitel e a base. Neste poema há fusão de imagens marítimas e rurais.

FESTA DE INVERNO / *FÊTE D'HIVER*

Girandoles. Roda ou travessão com orifícios para fogos de artifício, a fim de que estes formem motivos ao estourarem ao mesmo tempo no ar.

Meándre. Meandro. Rio da Turquia, famoso por seus numerosos desvios.

Horácio. Quintus Horatius Flaccus (Venusia, 65 a.C. - Roma, 8 a.C.). Poeta lírico latino durante o império de Augusto. *Horácio* também é o título de uma tragédia de Corneille.

Boucher. Pintor francês (1703-1770). Rimbaud parece ter se inspirado numa tela como *La Pêche Chinoise* (1742), que possui motivos chineses em estilo Rococó.

METROPOLITANO / *MÉTROPOLITAIN*

Ossian. Conforme o *Dicionário de mitologias europeias e orientais*, de Tassilo Orpheu Spalding: "As pretendidas composições de Ossian gozaram de favor extraordinário no fim do século XVIII e no começo do XIX. Ainda que fundadas em boas tradições gaélicas e imitadas de diversas narrativas em prosa devidas a autores desconhecidos, as *Poesias Traduzidas de Ossian, Filho de Fingal* (aparecidas em 1760 a 1763), jamais foram traduções, mas sim obras originais do pseudotradutor: o escocês James Macpherson".
Samaria. Antiga cidade da Palestina, capital do reino de Israel.
Ondina. Ninfa ou espírito elementar das águas, fada ou ninfa dos lagos. Ver menção de Baudelaire em *Les Paradis Artificiels*, sobre a atração fatal dos comedores de Haxixe pelas fontes e imagens de água.
Guaranis. Rimbaud cita nominalmente os índios guaranis que habitavam o Brasil.

BÁRBARO / *BARBARE*

Pavillon. Mais uma dificuldade para o tradutor: além de termo náutico para bandeira, pavilhão significa também tenda, abrigo, pavilhão auditivo.

LIQUIDAÇÃO / *SOLDE*

Comfort. Palavra inglesa utilizada por Rimbaud.
Féerie. Gênero teatral de grande sucesso na França, no século 19, com temática de contos-de- fadas e temas sobrenaturais.
Inquestionable. Termo forjado pelo poeta por analogia à palavra *"unquestionable"*.

FAIRY / *FAIRY*

Fairy. Título em inglês. O sentido é "conto de fada".
Helena. Filha de Zeus (transformado em cisne) e de Leda. Casada com o rei Menelau, de Esparta, despertou a paixão em Páris, sendo por ele raptada e levada para Troia.

JUVENTUDE / *JEUNESSE*

Desperadoes. Jargão jornalístico inglês do século XIX. Quer dizer "criminosos", "marginais".
Psyché. Psique. Deusa que despertou o ciúme de Afrodite por possuir imensa beleza. Símbolo da alma humana por causa de seus sofrimentos, paixões e desventuras, e que, no amor, encontra a sua felicidade.
Adagio. Trecho musical de andamento lento.
Tentation d'Antoine. Referência ao romance *A Tentação de Santo Antão*, de Gustave Flaubert, publicado em 1874. Outro dado que confirmou para H. de Bouillane de Lacoste e outros especialistas que *Illuminations* foi escrito após *Une Saison en Enfer*.

PROMONTÓRIO / *PROMONTOIRE*

Rimbaud descreve o "Grand Hotel" situado em Scarborough, Inglaterra, inaugurado em 1867.
Brick. Palavra empregada em inglês; "brigue", "navio".
Épiro. Região costeira do Noroeste grego e Sul da Albânia.
Peloponeso. Península grande e montanhosa, desde a antiguidade, a maior região da Grécia.
Bacanais. Cerimônias em louvor a Baco ou Dioniso; orgias em que as Bacantes eram as principais sacerdotisas.
Cartago. Uma das mais famosas cidades da antiguidade, tradicionalmente fundada pelos Fenícios de Tiro, na costa Norte da África (814 a.C.). O promontório de Cartago era bem protegido e facilmente defensável.

Embankments. Rimbaud usa a palavra em inglês. Significa "dique". Não se sabe se Rimbaud a confundiu com *embarkment*, isto é, "embarcadouro".
Etna. Vulcão localizado na Sicília.
Arbre du Japon. Rimbaud pode se referir tanto à cerejeira quanto ao pinheiro japonês.
Scarbro'. Contração do nome "Scarborough".
"Royal". Rimbaud se refere às expressões que comumente se justapõem aos nomes de hotéis em Londres (o mesmo se pode dizer "Grand").
Brooklyn. Referência à Nova York.

Cenas / *Scènes*

O título se aplica tanto a "palco" quanto a "cena" ou "imagens". Osmond enfatiza a centralidade do espetáculo teatral nas *Illuminations*, e ressalta o papel do "narrador" dos poemas em prosa como um "vidente-espectador".
Idílios. Do grego *eidyllion*, "imagenzinha". Pequeno quadro ou composição campestre geralmente monologada, cujos personagens são pastores, pescadores ou caçadores; amor terno e ingênuo.
Pier. A palavra é inglesa. Quer dizer "pilar de ponte", "cais".
Beócios. Povo que se aliou aos persas (invasores da Grécia em 480 a.C.) contra os atenienses.

Tarde Histórica / *Soir Historique*

Nornas. As três fiandeiras da mitologia escandinava. Semelhantes às Parcas germânicas. Mesmo os deuses estavam submetidos ao seu poder e, nesse caso, seus atributos são análogos às Moiras gregas (o Destino). Seus nomes são Urd, o passado; Werdandi, o presente; e Skuld, o futuro. Elas decidem os destinos dos homens. O tradutor Lêdo Ivo assinala que Rimbaud evoca o poema *La Legende des Nornes*, de Laconte de Lisle.

Bottom / *Bottom*

Bottom. Nome de um personagem de *Sonho de Uma Noite de Verão*, de Shakespeare, que tem sua cabeça tranformada em cabeça de asno por um encantamento do duende Puck. É possível que Rimbaud jogue com o duplo sentido, já que "*bottom*" também quer dizer "fundo", "baixo", tanto no sentido pictórico quanto de "qualidade inferior". *Sabinas.* As virgens e esposas do povo Sabino (Itália) que foram raptadas por Rômulo para a formação de seu povo, isto é, os romanos.

H / *H*

O título enigmático pode sugerir várias palavras iniciadas com essa letra: Hortênsia, Higiene, Hidrogênio, Haxixe, "*Habitude*" (termo da época para designar "masturbação", assim como "Hortense"). Certo é que a planta hortência é comumente considerada — se fumadas suas folhas secas — um potente afrodisíaco.

Movimento / *Mouvement*

Outro poema em versos livres.
Strom. Corrente ou "curso d'água". A palavra é nórdica, como consta do original. *Maelström* é uma forte corrente marinha encontrada ao Norte da Noruega, nas ilhas Lofoten, que supostamente tragaria navios num redemoinho veloz e fatal.
Stock. "Estoque". Palavra em inglês no original.

Devoção / *Dévotion*

Baou. Neologismo de Rimbaud onde ele brinca com a sonoridade da palavra, uma transcrição fonética para o francês da palavra "*bow*" (em inglês, "chapéu", "revêrencia", "saudação").

Madame ***. No original não consta o nome.

Amies. Referência ao livro de Verlaine, *Les Amies, Scènes d'Amour Saphique* (*As amigas, cenas de amor sáfico*), de caráter erótico, escrito sob o pseudônimo de Pablo Maria Herlagnez, publicado em Bruxelas em 1867, pelo mesmo editor de *As Flores do Mal* de Baudelaire, Poulet-Mallasis, especializado em literatura erótica e pornográfica.

Spunk. No original, em inglês. Dúvidas sobre a ortografia original: *spunsk, skunk* e *spunk.* Somente esta última existe no idioma inglês, pode significar "coragem", "calor", "fogo", ou mesmo ser aparentada da mais recente palavra *punk,* que significa "podre", "roto". Palavra gaélica (Escócia) que significa "esponja", "madeira podre". Mantivemos no original, como quase todas as palavras que Rimbaud usa em inglês. "*Spunk*" tem também sentido de "coragem, brio". Usada como gíria para "líquido seminal" desde 1888. Uma possível tradução seria "esponrrante".

Gênio / *Génie*

Um dos grandes poetas americanos vivos, John Ashbery, considera este poema uma obra-prima. Utopia, promessa de harmonia universal, a chegada de uma figura enigmática anunciada pelo título. Momento culminante e apoteótico de uma carreira meteórica e que está prestes a terminar, com o desinteresse de Rimbaud pela poesia e seu mergulho nos confins da África.

Rimbaud aos 17 anos, fotografado por Carjat, sem retoques.

Manuscrito do poema "Promontório".
Notar as iniciais do poeta e, entre parênteses, a palavra Iluminations.

Rimbaud, junho de 1872. Desenho de Paul Verlaine.

Verlaine e Rimbaud em Londres, por Régamey.

Rimbaud caricaturado por Verlaine.

A primeira edição das Iluminuras, *em 1886.*

Manuscrito dos poemas "Bottom" e "H".
Notar que o título de "Bottom" foi alterado. O título riscado é "Metamorphoses".

Rimbaud na Abissínia (1883).

Rimbaud na Abissínia (1883).

ILLUMINATIONS
POESIA EM TRANSE

Rodrigo Garcia Lopes
Maurício Arruda Mendonça

1. *TROUVEZ* RIMBAUD

> *Eu escrevia silêncios, noites, anotava o inexprimível. Fixava vertigens.*
>
> Arthur Rimbaud

> *Só eu tenho a chave desse desfile selvagem.*
>
> Arthur Rimbaud

Se Rimbaud não tivesse existido, provavelmente teria de ser inventado. Mas, como existiu, existem seus textos como álibis de sua fascinante aventura poética: de seu mergulho abissal em todas as experiências, estados e processos poéticos, para que fosse possível "encontrar uma linguagem", como escreveu. Mesmo assim, Rimbaud percebeu que essa poesia, viesse, talvez não fosse em palavras. Fosse gesto, ideia, transe, imagem, música.

Falar de Rimbaud, além de falar de um poeta jovem, é falar também de alguém que estava na literatura apenas de passagem, rumo a uma "música do sentido", na expressão feliz de Charles Bernstein.[1]

Com uma carreira curta e radical, acabaria deixando um dos documentos mais perturbadores e instigantes da poesia de todos os tempos: *Illuminations (Coloured Plates)*, ou, em nossa tradução, *Iluminuras (Gravuras Coloridas)*, escrito provavelmente entre 1873 e 1875, um pouco antes de dar adeus à literatura e partir rumo a sua aventura africana.

Illuminations é a anotação madura de um poeta nômade. Os poemas (quarenta em prosa e dois em versos livres) são instantâneos de lugares, registros de sensações e visões que ainda hoje fascinam. Experimentos em prosa poética, visões de Londres, Bélgica, Alemanha e outros cantos da Europa pelos quais passou. Como defini-los? Paisagens de sonho, alegorias, fantasias visuais, "prosa-diamante", descrições de climas e estados de embriaguez, takes e toques líricos, improvisações pessoais, telas pintadas com sua música dos sentidos?

Não causa espanto que o título escolhido por Rimbaud para esses quarenta e dois quadro-a-quadro poéticos (não numerados ou ordenados numa sequência por ele) fosse *Illuminations*, em inglês, com todos os significados possíveis embutidos no termo, como que dando a pista para entendermos o próprio dinamismo e a extrema ambiguidade de sua poesia.

Antena da roça (para re-citar bem humoradamente Ezra Pound), nascido na bucólica Charleville em 1854, Jean-Nicolas Arthur Rimbaud já havia deixado claro em sua escrita a premonição das transformações artísticas e científicas, bem como as mudanças sociais e simbólicas promovidas pela consolidação da Revolução Industrial, seu otimismo e pessimismo, apontando a necessidade de buscar novas formas de linguagem e de vida, levando mais além o desafio de Baudelaire e propondo sua aplicação imediata.

Não é por acaso que *Illuminations* contêm, entre outras coisas, o registro do despedaçamento do sujeito na metrópole, a descontinuidade e o caráter cada vez mais visual que a cultura ocidental passou a imprimir, a velocidade da máquina e a procura de novas percepções, uma busca da experimentação através de outras "tecnologias" (teóricas e poéticas) do olhar no século XIX. Não seria demais dizer que as *Illuminations* são *As Metamorfoses* da Era Industrial.

Atento a seu tempo, após o profundo mergulho de *Une Saison en Enfer*, Rimbaud propõe nesta sua obra-prima, que é também seu adeus à poesia, uma nova atitude perante o fazer poético. Mas, principalmente, Rimbaud "desconstrói" os gêneros prosa/poesia, abrindo pioneiramente o caminho para uma poética do processo, dionisíaca[2], musical e indeterminada.

Abastecido pelas leituras de poetas gregos e latinos, além de Racine, Rabelais, Montaigne, Marquês de Sade, Schiller, Verlaine, Nerval, Edgar Allan Poe, Victor Hugo, Gautier, Thomas de Quincey, John Ruskin, tratados de alquimia como *Corpus Hermeticum* ou de ocultistas com Eliphas Lévi, além do catálogo de referências citado em "Alquimia do Verbo", não há dúvida de que é em Charles Baudelaire que ele encontra sua principal referência: aquele a quem é preciso superar.

Em seu manifesto poético, a "Carta do Vidente", escrita ao amigo Paul Demeny em 1871, no mesmo ano em que morre Baudelaire (redigida como que sob o impacto da leitura deste), Rimbaud nos oferece as principais ideias para a compreensão de seu próprio projeto e intenções poéticas. Neste texto capital, depois de considerar quase a totalidade da poesia francesa da época nada mais do que "prosa rimada", Rimbaud reconhece que as formas convencionais (metros, rimas, versos, temas) acabaram virando "um jogo nas mãos de inúmeras gerações idiotas". E pede "liberdade aos novos! De execrar os antepassados"[3], de se libertar de qualquer filiação, tradição ou origem. Depois de proclamar a morte do autor, acusa os Românticos e a lírica da época de possuírem "uma falsa significação do eu". Mas antes, liquida a questão: "*Car Je est un autre*". "Porque Eu é um outro".

Quem somos, no momento da leitura de um poema? Onde começa o emissor e termina o receptor? O que é a poesia se não a centelha que se acende entre "eu" e " você"?

É que, quando o poeta diz "Eu é um outro", ele assume a possibilidade do *outro* também ser poeta. O poeta é apenas um meio ou um instrumento que se deve traficar, para o leitor, o registro de suas visões. Burroughs: "Só existe uma coisa sobre a qual um escritor pode escrever: sobre o que está em frente aos seus sentidos no momento da escrita".[4] A noção de que o "eu" ou *self* está sempre mudando de instante a instante, tomando novas e imprevisíveis formas-conteúdos. Em sua prosa acidentada, notacional e veloz, Rimbaud tenta captar esse deslizamento da consciência poética, os conteúdos alucinatórios, com o pique de sua capacidade de associações imprevisíveis, marca registrada de sua visualidade brutalista: "ó terrível tesão de amores noviços no chão de sangue e transparente hidrogênio! Encontrem Hortênsia". Ou em "Fairy": "Por Helena conspiraram as seivas ornamentais nas sombras virgens e as luminosidades impassíveis no silêncio astral".

Rimbaud sonha, como ele diz, "com uma lógica bem imprevisível". Portanto, o elemento-surpresa das *Iluminuras*, produzida por associações inusitadas e fusões metonímicas, é sempre um truque, uma alegoria: o poeta diz mas não entrega seu ouro, seu sentido. Abre suas imagens para várias interpretações, como uma pintura. O que dizer de um verso como "A bandeira em carne sangrenta sobre a seda de oceanos e flores árticas; (elas não existem)"? Ou, depois de descrever pontes como um pintor abstrato, finalizar seu poema com "E um raio branco, desabando do alto do céu, aniquila esta comédia"? Rimbaud pensou sua obra como uma vasta galeria de espelhos, onde cada palavra ou imagem-ideia traz um duplo ou triplo sentido, e onde a visão e o poético se manifestam na forma de uma sequência descontínua de iluminuras.

Nesse processo de alquimia poética, ele transmuta a realidade em iluminuras ou numa sinfonia de "durações": "Para mim é evidente: assisto à eclosão do meu pensamento: vejo-o, escuto-o"[5]. Pois nesse "pensamento cantado", que deve ser resgatado, nessa língua que tenta "resumir tudo, perfumes, sons, cores; pensamento fisgando pensamento e puxando-o", Rimbaud sugere que, em qualquer emissão, enunciado, expressão, sempre há a marca ou a aparição de uma "terceira mente"; aquela inteligência ou sensibilidade que une, em eterno devir, durante a leitura o sujeito do enunciado (narrador?, "Eu"?, o autor? a linguagem?) e o leitor. "Eu", "você", "nós", nos poemas em prosa de Rimbaud, confirmam a ilusão de que os pronomes, numa escritura dionisíaca, são apenas vozes emergindo de um Uno que se afirma no múltiplo, faces de uma mesma experiência, de uma mesma máscara. Não nos parece claro que, quando alguém diz "Eu é um outro", no momento da leitura, esse eu que lê também já seja um outro?

Numa situação em que a ideia de "eu" lírico do Romantismo passa a ser o "inimigo", nada mais natural para Rimbaud do que migrar das praias da poesia-poesia para as praias desertas e pouco exploradas do poema em prosa, confluência plástica inaugurada por Alouysius Bertrand em seu *Gaspard de la Nuit* (1842), que, por sua vez, acabaria culminando em *Petits Poèmes en Prose* (1857), de Baudelaire.

Apesar de considerar Baudelaire "um verdadeiro deus, o primeiro profeta ou vidente", Rimbaud ainda o julgava "artístico demais". O que queria dizer com isso? Talvez achasse Baudelaire ainda muito preso às convenções da poesia francesa da época, um tanto "acadêmico", ainda não totalmente radical e "desregrado". E Rimbaud prossegue:

> Aguardando, peçamos aos poetas do novo ideias e formas (...)

> Os primeiros românticos foram visionários sem se dar muita conta. Lamartine é algumas vezes visionário, mas estrangulado pela velha forma. Musset é quatorze vezes execrável para nós, gerações dolorosas e tomadas por visões.[6]

Pois, para quem tem como intenção poética chegar, via poesia, ao "desconhecido", ao ainda não ouvido, não sentido, não visto, essas invenções de novos "paraísos artificiais" pediam formas novas, novos caminhos: olhos abertos. O poeta, para ele, é alguém que vai "ao fundo do desconhecido para encontrar o novo", como já dizia Baudelaire no poema "*Le Voyage*".

* * *

A viagem das *Illuminations* também merece uma nota: Rimbaud deixou pessoalmente os quarenta e dois manuscritos com Paul Verlaine em 1875, em Stuttgart, para que eles fossem repassados a Germain Nouveau, poeta e amigo comum, o qual, por sua vez, se encarregaria da publicação em Bruxelas. Mas há indícios de que o texto teria ficado, por quase sete anos, em poder do cunhado de Verlaine, o músico Charles Sivry, ou talvez com o velho amigo Delahaye...

O que é seguro dizer é que os originais foram parar nas mãos de Gustave Khan, teórico e poeta simbolista, que os publicou em vários números da revista *La Vogue* em 1886, mesmo ano de sua publicação em livro. Essas idas e vindas, o sumiço do poeta, a aura já lendária deixada em torno de sua vida aventureira, por outro lado, fizeram com que esses originais ganhassem as interpretações mais fantasiosas.

Ao atribuir-se um caráter místico-cristão às *Illuminations*, aumentou-se a fama e a controvérsia de que esta obra fosse anterior a *Une Saison en Enfer*, texto no qual Rimbaud se redimiria de seus "erros", confessaria sua "culpa", interpretação disseminada por Isabelle Rimbaud, Paterne Berrichon e Paul Claudel, entre outros.

Hoje sabemos, sobretudo através dos estudos de H. de Bouillane de Lacoste, que Rimbaud escreveu a maior parte das *Illuminations* depois de *Une Saison en Enfer*, através de seus minuciosos exames grafológicos. De fato, no texto, o domínio da prosa musical e concisão de *Illuminations* representa um salto de qualidade inegável. Além dos avanços notáveis em termos de poética da prosa e da quase anulação e desconstrução do "eu" em *Illuminations*, muitas das situações e sugestões temáticas só seriam possíveis depois do rompimento com Verlaine e durante suas andanças nos anos que se seguiram a 1873: as descrições de Londres, peregrinações pela Holanda, Bruxelas, comentários sobre a zona rural inglesa, fugas misteriosas para a Alemanha, Suécia, Dinamarca. Sabe-se, por exemplo, que Rimbaud escreveu "Marinha" na viagem da Bélgica para a Inglaterra, e que morou um tempo na Floresta Negra trabalhando como preceptor dos filhos de um médico alemão, além de seu trabalho como intérprete de uma companhia de artistas mambembes alemães, referências essas indicadas aqui e ali em alguns dos poemas do livro, como em "Aurora", "Desfile", "Rastros" e "Noturno Vulgar".

Os poetas Paul Verlaine e Germain Nouveau, que moraram em Londres com o poeta em 73, 74 e 75, que acompanharam a redação da maior parte destes textos, ainda reforçam o argumento de que o poeta escreveu a boa parte das *Illuminations* naquele país.

MALLARMÉ & RIMBAUD

É significativo que, na resposta de Mallarmé ao pintor Degas, já estivesse indicada uma das tendências dominantes na poesia moderna: "Meu caro Degas, poesia se faz com palavras e não com ideias." Este conflito animaria toda a cena poética do século XX.

Disso se pode extrair que a materialidade da linguagem, a linguagem "em si mesma", a concepção do "grande poema", passa a ser a preocupação básica, criando-se assim uma espécie de substituto para o "eu lírico", mas que, na realidade, acaba se constituindo uma nova "presença": A Palavra. A Estrutura. A fé num uso de linguagem "purificada".

A emergência da Palavra enquanto centro do discurso, enquanto coisa ou objeto, seriam basilares para a edificação de uma poética construtivista, estrutural, apolínea. A poesia de Mallarmé privilegia o *anti*discursivo, o *anti*ssubjetivo, a metalinguagem, criando estranhamente uma outra torção dialética tal como "antilirismo" ou a "permutação impotente da palavra" (Foucault)[7], reforçando ainda a identificação do sujeito com o objeto.

Para nós, é nesse conflito, nesse devir e diálogo entre o impulso apolíneo à forma objeto de Mallarmé e o impulso dionisíaco à imagem-música de Rimbaud, que estão dois dos procedimentos (não antagônicos) da poética contemporânea.

Mas as diferenças não poderiam ser maiores: Mallarmé com seu conceito de "Livro", da noção de um Texto Poético como Texto Sagrado, vai numa corrente distinta à de Rimbaud. Mallarmé, como é evidente em seus poemas e textos teóricos, ainda vê na poesia a possibilidade de "purificar" a linguagem da tribo. Já Rimbaud, depois de "sujar" a poesia, abandona-a, sequer chega a acreditar em seus manuscritos, tornando-se alguém que, perguntado sobre poesia por Delahaye, responde com um reles: "Não penso mais nisso". Rimbaud, como veremos, não parece levar tão a sério o credo de que existiria uma linguagem especificamente poética, uma outra especificamente notacional, uma especificamente comum ou arbitrária etc.

Rimbaud desaparece enigmaticamente dentro de uma de suas gravuras. Já Mallarmé está totalmente absorvido pelo naufrágio de seu Poema. Mallarmé acredita que a poesia é dotada de uma função quase religiosa e metafísica, e que é sua missão criar "uma linguagem especial removida do caos e da trivialidade"[7] da vida diária.

Ora, é justamente na vida, no "outro", nos discursos e linguagens dispersos frequentemente naquilo que é mais banal, que reside o foco da investigação rimbaudiana: na apropriação de tudo aquilo que lhe parece improvisado, imprevisível, caótico, impuro, burlesco, falso, estranho, bizarro, para enfim traduzir o *desconhecido*. Para ele, "tudo", todas as linguagens de que nosso mundo se constitui, podem ser transmutadas em poesia. Não existe só o *principium individuationis* operando no processo criativo. Como explicita Perloff: "Mallarmé, por exemplo, cuja poética simbolista ainda mantém o credo romântico de que poesia é *lírica*...", confirma que existem "dois modos separados de discurso: o poético propriamente dito, isto é, o *lírico*, e o jornalístico, ou vulgar, que inclui todo o resto."[8]

Quer dizer: Rimbaud quer absorver para a poesia tudo aquilo que ela tem tentado manter, a duras penas, fora de seus domínios sagrados. Teríamos assim, diante da intervenção de dois dos maiores mestres do modernismo, duas atitudes ou tendências intercambiantes em relação à poesia (passíveis ou não de se complementarem):

Num impulso distinto de Mallarmé, alternativo, descompressor, Rimbaud acabaria criando *outra* tradição, alterando definitivamente nossos modos de escrever e ler poesia. Rimbaud não poderia — com seu caráter irrequieto, nômade, cético, bem-humorado — satisfazer-se com as "subdivisões prismáticas da Ideia", nem com a noção de que poesia só se faz com palavras, muito menos de que "tudo o que existe no mundo existe para acabar num Livro."

MALLARMÉ	RIMBAUD
Impulso apolíneo	Impulso dionisíaco
Ênfase na unidade ordem, equilíbrio, Harmonia, forma contida.	Ênfase no desregra-gramento, outra or-dem, desequilíbrio, "caos".
Poema objeto (Le Livre)	Poema como processo ("pensamento cantado")
Distinção entre ling. poética/ling. comum, erudita/ popular	Não vê distinção (absorção do "vulgar"), desconstrução da ling. poética/comum.
Impessoalidade	Despersonalização
"Subdivisões prismáticas da ideia".	"Alquimia do Verbo".
Intelecto, Razão.	Sentidos, Memórias.
Niilismo	Afirmação
Sobriedade	Embriaguez
Símbolo	Alegoria
Metáfora	Metonímia

O que Rimbaud diz é totalmente diferente:

> Na Grécia, eu disse, versos e liras dão ritmo à Ação. Em seguida música e rimas são brincadeiras, passatempos. O estudo desse passado encanta os curiosos: muitos divertem-se em renovar antiguidades: é para si mesmos. A inteligência universal sempre lançou suas ideias, naturalmente; os homens recolhiam uma parte desses frutos no cérebro: agia-se por, com eles escreviam-se livros: assim seguia a caminhada, não se trabalhando o homem, não estando ainda desperto, ou ainda não na plenitude de seu grande sonho. Funcionários, escritores, autor, poeta: tal homem nunca existiu.

> O primeiro estudo do homem que quer ser poeta é o conhecimento próprio, inteiro, busca sua alma, inspeciona-a, experimenta-a, aprende-a.

> Digo que é preciso ser *visionário*, tornar-se *visionário*. O poeta se torna visionário através de um longo, imenso e racional desregramento de todos os sentidos.

> ... o poeta é um verdadeiro ladrão do fogo.

> ... deverá fazer sentir, apalpar, escutar suas invenções: se o que ele traz de lá tem forma, ele dá forma; se é informe, ele devolve informe.

> Criei todas as festas, todos os triunfos, todos os dramas. Ensaiei inventar novas flores, novos astros, novas carnes, novas línguas. Encontrar uma linguagem (...) Inspecionar o invisível e ouvir o inaudível sendo bem diferente de retomar o espírito das coisas mortas.[9]

> Nutri a esperança de inventar um verbo poético que seria um dia acessível a todos os sentidos. Eu me reservava à tradução.

> Anotava o inexprimível, fixava vertigens...[10]

Illuminations permanece como uma "pedra de Roseta" da poesia moderna, uma das peças fundamentais do quebra-cabeça da poética do século XX.

Para a sempre certeira crítica Marjorie Perloff, é o Rimbaud de *Illuminations* que é seminal para sua discussão sobre o surgimento de uma "poética da indeterminação", como demonstra em seu estudo *The Poetics of Indeterminacy: Rimbaud to Cage*.[11]

Não é outra a opinião de Marshall McLuhan, que considera *Alice no País das Maravilhas* de Lewis Carroll, uma versão amplificada das *Illuminations*. McLuhan ainda considera que é nos poema em prosa de Rimbaud que se vê pela primeira vez a ideia da cidade como uma extensão de nossos sistemas nervosos, e que os poemas são prenunciadores das narrativas de William Burroughs. Não custa lembrar que os primeiros experimentos de Burroughs com a técnica *Cut-up* foram feitos usando trechos das *Illuminations*.[12]

Não causa espanto que tanto poetas como prosadores viessem a absorver muitas das características formais e de conteúdo presentes nas *Illuminations* para o desenvolvimento de suas poéticas particulares, obviamente cheias de diferenças e nuances: René Char, Marcel Proust, D.H. Lawrence, Ezra Pound, Antonin Artaud, Guillaume Apollinaire, Henri Michaux, Saint-John Perse, Henry Miller, Phillipe Soupault, Jean Genet, Samuel Beckett, Gertrude Stein, Dadaístas e Surrealistas, Jack Kerouac, Allen Ginsberg, John Ashbery, ou ainda os poetas-músicos Jim Morrison, Lou Reed e Patti Smith.

OLHO MÁGICO

O poeta pode vir a ser um visionário em momentos privilegiados. Balzac já havia anotado que "o visionário é um ser humano dotado de uma visão mais rápida do que o pensamento sequencial e que pode captar a totalidade do objeto ou fenômeno antes que a sequência e a relação das partes estejam conscientemente compreendidas."[13] Sua postura não-niilista, afirmadora de vida, se dá na ênfase que ele coloca na necessidade de todas as experiências: a ação, as viagens, o delírio, o sexo, a loucura, até mesmo o silêncio. Assim, é necessário reconhecer que *Illuminations* possui, de fato, um raciocínio coerente, uma verdadeira poética do desregramento, e é imprescindível que a reavaliemos, que penetremos nas imagens e visões que Rimbaud nos envia do "desconhecido".

De acordo com a tradutora norte-americana Louise Varèse:

> "Na maioria dos poemas em prosa de "Iluminations", o sentido literal, que se perdeu nos significados poéticos multifacetados, é menos

importante do que a ideia inicial do compositor que se torna completamente metamorfoseada em música. Por seu uso especial da linguagem, o pensamento de Rimbaud se condensa totalmente em poesia. E esta densa massa poética está continuamente se movendo e mudando. Lembra um processo químico onde palavras se juntam a outras palavras em sentenças para formar um composto até mais complexo. E quem pode dizer, dentre esses átomos caleidoscópicos, quais são as ideias ou quais são os objetos."[14]

O que vemos passar diante de nossos olhos é o próprio ato de poetização transformado em imagem-música, em ação, movimento puro. Na linha de Baudelaire, Rimbaud quer levar mais fundo a exploração do impacto da mente poética sobre a realidade exterior, fazendo com que o poema, muitas vezes, apareça na forma de um enigma. A imagem alquímica evocada por Varèse nos parece pertinente aqui: a união desregrada do artista sempre provoca êxtases, transes ou desordens, sendo expressa como convém, isto é, na forma de sinestesias ou alegorias.

Sem dúvida, um sabor "trágico" emerge destes textos, pois Rimbaud nos convida essencialmente a "querer olhar e ao mesmo tempo aspirar ir além do olhar".[15]

O poeta norte-americano Jerome Rothenberg coloca precisamente a questão do olhar do vidente e sua relação com a linguagem em seu ensaio no livro *Ethnopoetics & Politics / The Politics of Ethnopoetics*:

> Em sua autobiografia oral a xamã mazateca Maria Sabina fala de seu trabalho como sendo, com efeito, uma poética de cura baseada na poética da linguagem. Mesmo analfabeta, ela lê o Livro da Linguagem & cura através da Linguagem. Isto quer dizer que seu "eu", como aquele do vidente de Rimbaud, é outro; que no ato do cantar, fazer poesia, "ela" está sendo pensada por "alguém mais". Para o novo poeta — o poeta do novo — chegar a esta realização, Rimbaud propõe não somente um desregramento dos sentidos, mas a reconstituição de uma linguagem/ da linguagem em si mesma. "É preciso encontrar uma nova linguagem", ele escreveu. Não somente para se falar, mas para ver, saber. Portanto — para ele & ela — a hipótese seria: Eu vejo através da linguagem. E o corolário: sem a linguagem, estou cego.[16]

Assim, para nós, *Illuminations* se torna significativa pelo simples fato de indicar um novo processo de transformação do real em poesia.

2. ILUMINURAÇÕES

> *Há muito tempo que eu me vangloriava de possuir todas*
> *as paisagens possíveis e achava ridículas as celebridades da*
> *pintura e da poesia modernas.*
>
> Arthur Rimbaud

> *... Ouve esta Oração que te consagro neste branco Missal*
> *da excelsa Religião da Arte, esmaltado no marfim ebúrneo das*
> *iluminuras do Pensamento.*
>
> Cruz e Sousa

A intervenção estética e a recepção dos poemas em prosa de Rimbaud foram prejudicadas pela insistência numa leitura de caráter existencial, metafísica e romântica, sobre uma outra leitura pictorial e dionisíaca, conferida à palavra e à obra *Illuminations*.

O depoimento do poeta e companheiro Paul Verlaine, o mais abalizado, garante que Rimbaud — além de ter indicado como título a palavra *Illuminations* no manuscrito do poema "Promontório" — lhe passou pessoalmente (em Stuttgart, 1875) os manuscritos com a indicação precisa de que fossem publicados com o título *Illuminations (Coloured plates)*.

Eis o depoimento de Verlaine no prefácio da primeira edição das *Illuminations*, em 1886:

> Le mot *Illuminations* est anglais et veut dire gravures coloriés — coloured plates: c'est même le sous-titre que M. Rimbaud avait donné à son manuscrit.

> A palavra *Illuminations* é inglesa e quer dizer gravuras coloridas — *coloured plates*: é mesmo o subtítulo que Sr. Rimbaud deu a seu manuscrito.[1]

Illuminations é, com efeito, uma palavra inglesa que, vertida em francês, significa *enluminures*, ou manuscritos "iluminurados", onde, como lembra Nick Osmond, "as letras se tornavam a base de motivos decorativos ou mesmo gravuras" (*Illuminations* 39).[2]

De fato, a própria escolha do título por Rimbaud parece ter sido feita com a intenção propositadamente polêmica. Talvez para provocar, desde logo, a indecidibilidade, a polissemia e a ambiguidade pretendidas na obra, ou mesmo para indicar seu rompimento com as convenções da poesia francesa. Sabe-se do seu gosto por trocadilhos, jogos de palavras, e sua admiração pela flexibilidade e polissemia da língua inglesa. Não é a toa que palavras em inglês estão dispersas por quase todos os poemas deste livro.

A palavra *illumination* sugere, no mínimo, três sentidos:

1. ato ou efeito de iluminar, derramar luz sobre uma superfície; clarear;
2. arte de iluminar, pintar iluminuras, usadas especialmente na ilustração de livros medievais; pintura a cores, (ou uma *coloured plate*, gravura colorida) que representa pequenas figuras e cenas diversas, flores, folhagens, ornamentos, miniaturas com que se adornavam as letras capitais ricamente coloridas e outras partes de livros e pergaminhos; aplicação de cores vivas em uma estampa; iluminação: ornado com iluminuras (missal iluminado) ou colorido: gravura iluminada;
3. revelação mística; luz súbita no espírito, inspiração.

Já *coloured plates* são ilustrações de página inteira de um livro, quase sempre num papel diferente do resto do texto.

A nosso ver, sua escolha demonstra claramente que o poeta insistiu no caráter pictórico, ou no de interpenetração entre palavra e imagem, para sua composição.

Seu primeiro tradutor no Brasil, Lêdo Ivo, apontou para esse caráter em duas ocasiões:

> Nessa temporada londrina, foram escritos os poemas em prosa que Rimbaud intitula 'Illuminations', palavra inglesa que significa iluminuras, isto é, gravuras coloridas.[3]

> No título, a palavra "illuminations" freme à lembrança das temporadas londrinas, quando ele ali esteve partilhando o mesmo quarto e o mesmo leito com seus amigos Verlaine e Germain Nouveau. O subtítulo "painted plates" sublinha ainda mais a intenção plástica e imagística do variado texto, são gravuras coloridas, iluminuras, cromos...[4]

David Scott, analisando o diálogo entre as artes visuais e a poesia francesa do século XIX em seu livro *Pictorialist Poetics*, também ilustra essa opção estética presente na obra de Rimbaud:

> Mais indicativo da orientação de Rimbaud em direção às artes visuais é sua escolha de título e proposto subtítulo para os poemas em prosa: *Illuminations, Coloured Plates* (*sic*). Pois a concepção do texto como se fosse uma ilustração ou uma tela colorida, parece confirmar que Rimbaud, como Bertrand e outros poetas da prosa do século XIX, via o poema como se fosse auto ilustrativo, absorvendo em si as qualidades gráficas ou as qualidades pictóricas das artes visuais...[5]

Este é um ponto importante. Observando detalhadamente os textos, verifica-se que os títulos dos poemas quase sempre sugerem os de algumas telas que o poeta passará a ilustrar, iluminar, ou fotografar, através de palavras e imagens, como paisagens, pequenas cenas ou quadros: "Pontes", "Flores", "Marinha", "Aurora", "Festa de Inverno", "Cenas", entre outros. Hugo Friedrich salienta que, em Rimbaud, "raramente o título de uma peça é útil para a sua compreensão", portanto não se constituindo em "temas" nos moldes comuns.

Há ainda a referência explícita à pintura e a procedimentos decalcados das artes plásticas ou visuais, disseminados em quase todos os poemas em prosa:

> ... e barcos foram rebocados ao mar empilhado lá no alto como nas gravuras.

> ... ilustrei a comédia humana.

> Um verde e um azul escuros invadem a imagem.

> E enquanto a faixa no alto do quadro é formada do rumor giratório e saltitante das conchas do mar e das noites humanas [...]

> ... chinesas de Boucher.

> ... decorar maravilhosamente as fachadas deste Palácio-Promontório.

E em certa festa noturna, à noite, numa cidade do Norte, cruzei todas as mulheres dos pintores antigos.

... Assisto a exposições de pinturas em locais vinte vezes mais vastos que Hampton Court. Que pintura!

Contudo, esta referência à pintura e às artes visuais enfatizadas por Rimbaud ainda comporta um dado novo, uma superação em relação a Aloysius Bertrand e Charles Baudelaire. Estes dois antecessores de Rimbaud ainda se encontravam presos à imitação fiel dos modelos pictóricos, aos padrões ditos "clássicos". Bertrand explicita a sua virtual predileção pela pintura flamenga, ao passo que Baudelaire se aproxima de um Daumier, um Delacroix. Entretanto, ambos aspiram aos valores "cultos", "artísticos" e miméticos do universo plástico.

Rimbaud, diferentemente, e isso é importante frisar, buscava referenciais não-miméticos, no sentido de evitar a cópia fiel dos mestres, a imitação da natureza, ou mesmo as telas premiadas dos "Salons". Em Rimbaud, há a aparição de inúmeras referências a todo tipo de fonte visual: de tabuletas de bar, placas de lojas, decoração de teatro, dioramas, imagens *d'Épinal*, gravuras baratas. Sabe-se do fascínio de Rimbaud por fotografia, ilustração de livrinhos infantis e por iluminuras medievais. Hugo Friedrich, em seu ensaio sobre Rimbaud, menciona uma "expressão oral" do poeta, datada de seu período parisiense, sobre a necessidade de superar a mímesis, a imitação artística da natureza:

> Temos de arrancar à pintura seu hábito antigo de copiar para fazê--la soberana. Em vez de reproduzir os objetos, ela deve forçar excitações mediante as linhas, as cores e os contornos colhidos no mundo exterior, porém dominados e simplificados, uma verdadeira magia...[6]

Rimbaud parece mesmo antever a revolução da pintura de vanguarda do século 20.

Entendemos que os poemas em prosa de Rimbaud se assemelham a instantâneos iluminados, miniaturas pintadas com cores vivas. Além do mais, não se pode desprezar a ideia original do poeta e a peculiaridade de sua inclinação às artes visuais prenunciadas em "Alquimia do Verbo", de *Une Saison en Enfer*:

> Eu amava as pinturas idiotas em cima das portas, cenários, lonas de saltimbancos, insígnias, iluminuras populares; literatura fora de moda, latim de igreja, livros eróticos com ortografia errada, romances de nossas avós, contos de fadas, livrinhos infantis, óperas velhas, refrões imbecis, ritmos ingênuos.[7]

Neste verdadeiro catálogo de quinquilharias,[8] além de enfatizar as fontes futuras a serem exploradas, os exemplos citados salientam a passagem de escritura à imagem. Rimbaud prefere o lado baixo, *low*. Quando ele cita algum pintor, sua referência é Boucher, um rococó, e mesmo assim o Boucher dos desenhos *kitsch*, de tapeçarias e *chinoiseries*, numa escala bastante inferior à dos pintores eruditos.

Também digno de nota é o neologismo empregado por Rimbaud em "Noturno Vulgar": ao usar a palavra *operadiques*, expressão que Rimbaud empresta do ensaio dos irmãos Goncourt sobre a pintura de Watteau (este, aliás, influenciado por Boucher), cujas telas possuíam um caráter "operístico", evidentemente à maneira rococó.

Logo, Rimbaud parece querer abalar o conceito elitista de obra de arte ou obra-prima. Sua visualidade se torna muito mais ampla, pois, ao elevar o *kitsch* e rebaixar o clássico (via clichês e paródias), surpreende e fragmenta o objeto exterior idealizado. Ele não almeja somente ao belo apolíneo (cenários grandiosos, luxuosos, esculturas etc.), mas também incorpora em seu texto o feio, o "lixo", *naïf*, ou primitivo: de fato, Rimbaud estava fascinado pela ideia de pintura em geral.[9]

Desta maneira, o projeto estético de uma obra denominada *Illuminations* pode ser melhor compreendido. Sua escritura-imagem não vacila à chance de criar mundos às avessas ou invisíveis. As imagens devem nascer uma vez mais, inteiramente diferentes e renovadas aos nossos humanos sentidos. O registro da alteração e o processo de percepção poética é a real radicalidade posta em questão nesta obra.

Segundo o raciocínio preciso de Antonio Candido, a propósito de *Illuminations*:

> A força do mundo visível e a força do mundo invisível se combinam para formar uma realidade acima do tema (...) Mas Rimbaud vai mais longe e pode criar um espaço no qual a natureza do mundo cede lugar a uma natureza feita de elementos factícios. Nestes espaços novos, o mundo natural continua a existir, mas fundido num quadro artificial, que transporta a sensibilidade para um plano diferente da realidade. A eficiência de tais poemas é devido ao fato de conservarem a referência ao mundo (que é sempre um imã para nossa percepção), mas promovendo a invenção de outro mundo, que de certo modo o suplanta e satisfaz o nosso desejo de ir além do real.[10]

Para Rimbaud, enfim, a poesia será justamente este processo de captar, raptar, traficar a realidade na forma de iluminuras.

3. EUTRO

> *Who is the third who walks always beside you?*
>
> T. S. Eliot

> *Eu sempre digo que a maioria dos poetas são*
> *essencialmente prosadores preguiçosos. Tão logo você se*
> *livra das convenções de estilo como metro, ritmo e rima,*
> *onde está a linha que separa poesia e prosa, como em*
> *Rimbaud?*
>
> William S. Burroughs

Stephen Fredman, em seu *Poet's Prose: The Crisis in American Verse*, começa com uma indagação: "O que leva um poeta ao ato paradoxal de escrever em prosa?"[1]

Para obtermos resposta a esta pergunta é preciso um *flashback*: o poema em prosa surge na França do século XIX, principalmente com *Gaspard de la Nuit*, de Aloysius Bertrand (1842), seguindo-se outra obra máxima, *Petits Poèmes en Prose*, de Charles Baudelaire, publicado a partir de 1857 em diversos jornais. Surge do desejo dos poetas de escapar das rígidas normas de versificação impostas pela Academia. Como comenta Clive Scott em *Modernismo Guia Geral* 1890-1930:

> O poema em prosa, portanto, faz parte de um movimento geral rumo a um verso livre. Mas ele é, de forma especial, um fenômeno francês, provavelmente porque a segregação entre verso e prosa efetuada na França foi durante muito tempo tão absoluta que o poema em prosa desempenharia uma urgente função de ligação. Suas origens encontram-se basicamente, e de formas variadas, na prosa poética de Fenélon a Chateaubriand, na prosa bíblica e nas traduções em prosa de poesias estrangeiras.[2]

A dicotomia entre poesia/prosa levanta questões mesmo em nossos dias, pois ainda é comum pensar estes dois gêneros em termos de oposições binárias (um termo definido pelo que *exclui* do segundo).

Entende-se por *Poesia* uma escrita que privilegia as propriedades metafóricas, trocadilhos, paralelismos, refrões, as propriedades sintéticas e sonoras da linguagem. *Poesia*, portanto, é vista como uma escrita concisa, essencial, transcendente, autorreferencial, autorreflexiva, que visa a produzir um objeto bem construído — fazendo uso predominante da função poética — que conduz o leitor a uma epifania; portanto uma escrita *artificial*.

Já a *Prosa* (do latim *prosus*, discurso que vai em linha reta em oposição a *versus*, retorno), contrariamente, é vista como uma escrita discursiva, próxima da fala, narrativa, descritiva, notacional, mundana, metonímica e que faz uso, sobremaneira, da função referencial. Ela privilegia o enredo, a trama, os personagens; uma escrita *natural*.

A fusão imediata destes dois tipos de escrita, então, seria o alvo a ser perseguido por poetas como Bertrand e Baudelaire, Rimbaud e Mallarmé.

Como comenta Baudelaire a Arsène Houssaye, na dedicatória de *Petits Poèmes en Prose*:

> Tenho uma pequena confissão a fazer-lhe. Foi folheando, pela vigésima vez, no mínimo, o famoso *Gaspard de la Nuit* de Aloysius Bertrand, que me veio a ideia de tentar algo análogo, e de aplicar à descrição da vida moderna, ou melhor, de uma vida moderna e mais abstrata, o procedimento que ele havia aplicado à pintura da vida antiga, tão estranhamente pitoresca.
>
> Quem dentre nós não sonhou, nos seus dias de ambição, com o milagre de uma prosa poética, musical, sem ritmo e sem rima, flexível e desencontrada o bastante para adaptar-se aos movimentos líricos da alma, às ondulações do devaneio, aos sobressaltos da consciência? É sobretudo da frequentação das cidades enormes, e do cruzamento de suas inumeráveis relações, que nasce este ideal obsessivo.[3]

Esta ambição de Baudelaire, como se vê, acaba se constituindo num último gesto lírico, prenunciando uma nova expressão além das cadeias dos gêneros tradicionais, mais apropriada à caoticidade e complexidade da vida moderna.

Ao pretender um poema em prosa que desprezasse as convenções de metro e rima, e que tendesse à música, ao coloquial, à expressão brusca e descontínua, Baudelaire abria à poesia a possibilidade de absorver não só as qualidades da prosa (suas estruturas prosódicas, o uso de figuras e tropos de linguagem, como a elipse), como também dava uma maior liberdade de expressão poética, mais transgressiva, além de uma maior capacidade de articulação, criando um novo campo expressivo.

Esta capacidade de coletar os discursos e falas dispersas no ambiente cultural, capacitaria aos poetas subsequentes dedicar suas energias ao projeto fundamental da poesia contemporânea: a investigação de novas linguagens.

Novos tempos exigiriam novas formas de expressão. Como disse Rimbaud, "é preciso encontrar uma linguagem".

Ron Siliman, um dos mais proeminentes teóricos e poetas do grupo norte-americano "Language", explica em seu livro *The New Sentence*:

> Os franceses encontraram no poema em prosa um procedimento ideal para a desmaterialização da escrita. Foram abandonados os recursos formais externos que importunavam e prendiam o leitor no presente, consciente da presença física do texto em si mesmo. Frases poderiam ser prolongadas e estendidas muito mais longe do que as já extensas locuções que caracterizavam o verso de Mallarmé, sem estonteá-lo ou desobrigá-lo do poema. E frases mais longas também poderiam suspender, por períodos de tempo maiores, o pulso ou término, que se introduz na prosa como a marca do ritmo. Era perfeito para conteúdos oníricos, fantásticos ou alucinados, para peças com múltiplos lugares e tempos espremidos em poucas palavras.[4]

Entretanto, com a urgente "função de ligação", de um devir entre "gêneros", as primeiras experiências com o poema em prosa se ressentiram de um certo lirismo típico do Romantismo (também defensor dos hibridismos), de uma dialética que garantia os conceitos de "eu lírico" e de "presença da voz", do sujeito dotado um "Espírito" que se reconhece como centro do discurso poético, discurso esse que visa a uma coerência temporal linear, a uma causa/efeito.

Apesar do uso de linguagem indireta em *Petits Poèmes en Prose* ou mesmo no Rimbaud de *Une Saison en Enfer*, ainda era marcante e predominante uma certa metafísica do "eu". Comparemos dois trechos, um de Baudelaire e o outro do Rimbaud de *Illuminations*:

Baudelaire:

> Me deixe respirar, por longo, longo tempo, o cheiro dos seus cabelos, neles mergulhar todo meu rosto, como um homem sedento na água de uma fonte, e agitá-los com minha mão como a um lenço cheiroso, para sacudir as lembranças no ar.
> Se você pudesse saber tudo o que vejo! Tudo o que sinto! Tudo o que ouço em seus cabelos! Minha alma viaja por sobre o perfume como a alma dos outros homens por sobre a música.[5]

Rimbaud:

> Vozes instrutivas exiladas... A ingenuidade física amargamente domada... Adagio. Ah! o egoísmo infinito da adolescência, o otimismo estudioso: como o mundo se encheu de flores esse verão! Árias e formas morrendo... Um coro, que acalme a impotência e a ausência! Um coro de copos, de melodias noturnas... Na verdade nervos velozes saem à caça.

Nos parece claro que no trecho de "Un Hémisphère dans une Chevelure", Baudelaire ainda se mantém "autoconsciente" poeticamente, preservando um raro cuidado com a lapidação das sentenças. O "eu" emerge como fio condutor da mensagem, a fim de que sejamos guiados, sem interrupções, do início à conclusão do discurso. O "eu lírico" fica evidente ("tudo que sinto", "minha alma viaja") e na presença da "voz" una do poeta-narrador, que garante que a lógica linear está mantida e as relações "gramaticais" dos eventos estão preservadas. Há ainda a ideia de uma totalidade, e as frases do trecho conduzem a uma experiência do sublime, que o "eu" do poema endereça ao exterior.

No fragmento de Rimbaud, porém, é mais difícil determinar onde está o "eu" do poeta (ou o sujeito do poema). Se o poema trata do tema "juventude", ou mesmo se seu subtítulo é "Vinte Anos", de quem afinal são as "Vozes instrutivas exiladas?". Qual a sequência entre uma frase e outra? É preciso reconhecer uma certa polifonia, "vozes" que interrompem umas às outras, sugeridas pelas reticências que indicam fragmentos de ideias e diálogos paralelos, discursos coletados em trânsito, frases truncadas, ruínas de conversas entreouvidas: mas quem as enuncia? A infância que salta no aqui e agora de Rimbaud?

Na página, a disposição gráfica própria da prosa oferece ao leitor a expectativa de que lerá algo narrativo, coerente, direto, coloquial, como num romance ou jornal, onde as palavras costumam ser usadas como instrumentos de comunicação pura e simples. Todavia, o poeta frustra esta expectativa porque apresenta uma outra realidade, ora *nonsense*, ora paradoxal, ora fantasiosa, ora lírica. No trecho de Rimbaud as reticências, travessões, elipses violentas, a sintaxe acidentada, têm a clara intenção de enfatizar uma descontinuidade feita com uma velocidade de justaposições. Como se não bastasse, este estranhamento de sua prosa se dá pelo fato dela estar inflacionada por recursos típicos da poesia, tornando-a mais densa, mais musical. O resultado é que não podemos interpretar o trecho "normalmente". Devemos aceitar a "viagem" de Rimbaud, já que ele *diz* a interpretação. É pegar ou largar. Além das constantes mudanças de ponto de vista, a "duração" das frases e períodos são usados de uma maneira puramente rítmica. É como se o sempre impaciente e apressado Rimbaud, não conseguisse ficar idêntico um só momento, provocando indeterminações, nas quais se torna difícil saber de quê o poeta está falando:

> Desde então, a lua ouviu o uivo dos chacais nos desertos de tomilho, — e écoglas de tamancos grunhindo no pomar.

> Isto que começou com uma certa náusea e acaba assim, — já não podendo conquistar esta eternidade de uma vez, — isto termina numa debandada de perfumes.

> Um sopro abre fendas operádicas nas paredes, — embaralha o eixo dos tetos podres, — dispersa os limites da lareira, — eclipsa vidraças.

> — permitindo, durante o dia, a todas as tarantelas do litoral, — e até mesmo aos ritornellos dos vales ilustres da arte, decorar maravilhosamente as fachadas do Palácio-Promontório.

Esta verdadeira teoria da frase (lembremos que um dos poemas centrais deste livro se intitula, justamente, "Frases") e desmaterialização da escrita provocada por Rimbaud, através de uma explosão e alteridade dos referentes, pode ser melhor compreendida se levarmos em conta o que diz Walter Benjamin em *Haxixe*: a impressionante extensão e "acidências" das frases está diretamente ligada ao fenômeno das passagens: o *flâneur junky* capta as imagens e quinquilharias oferecidas ao concurso de suas vistas e as transforma, instantaneamente, em iluminuras, superfícies excitadas. Há um descentramento do "eu" de que sua prosa dá pistas: no ambiente urbano a chegada suplanta a partida. Tudo chega, mas já transformado em mercadoria ou fetiche pelo cínico e suspeito olhar do consumidor. O *Eutro* é a tela. A realidade alterada do caos circundante só pode ser expressa numa prosa descontínua, rápida, em tomadas, em que o dentro/ fora, campo/cidade, perto/longe, presença/ausência, enfim, se confundem.

Também é possível pensar na frase e sua marca de alteridade, como sintoma do esvaziamento da posição fixa e dominante do sujeito, implícita, por exemplo, no bizarro uso dos *aforismas*.

> Eis o tempo dos Assassinos.

> Chegando sempre, irás por toda a parte.

> Que os acidentes de feitiços científicos e os movimentos de fraternidade social sejam queridos como a restituição progressiva da sinceridade primeira?...

> Quanto ao mundo, o que será dele quando tu te fores? Em todo caso, nada dessas aparências atuais.

A proeza das "iluminuras" imprevisíveis e fantásticas de Rimbaud é apontar para um novo campo de possibilidades discursivas, para um devir-gênero, onde poesia e prosa não são tidos como categorias antagônicas, nem como um gênero autônomo em contraposição a qualquer outro. O visível se desrealizou: agora, é pura iluminura. As coisas e imagens são captadas por sua prosa sem os significados simbólicos habituais. Enquanto isso, ela se torna gradativamente mais *opaca*.

Assim, é preciso concordar com o ensaísta Clive Scott:

Muitas vezes o poema em prosa parece ser um método de captar o pré-poético; o dinamismo dos poemas de Rimbaud deve-se em larga medida a um nascer, a um tomar e mudar de forma.

Aqui, a própria fluidez do gênero deriva de seu objetivo de registrar nada mais que o impulso de fazer poesia, o surgimento da matéria prima poética. É a gestação tornada visível, a tentativa muitas vezes canhestra de algo vir a ser, e ser de modo único.[6]

4. PHANOPIUM

> *Todo o universo visível não passa de um depósito de imagens e*
> *signos aos quais a imaginação dará um lugar e um valor relativos;*
> *é um tipo de pasto que a imaginação precisa digerir e transformar.*
> Charles Baudelaire

> *Junk is image.*
> William Burroughs

O que mais salta aos olhos na poesia de Rimbaud são suas imagens. O poeta e tradutor Ezra Pound, já em 1915, foi um dos primeiros a perceber corretamente sua densidade imagética. Não seria exagero dizer que Pound formula seu conceito de *fanopeia* instigado pelo haikai japonês, pelo ideograma chinês e por poemas de Rimbaud, como "Cabaré Verde" ou "Vênus Anadiômene", definindo-a como "um lance de imagens na imaginação visual"; "a projeção de uma imagem na retina mental"; "um complexo intelectual e emocional num instante de tempo".

Para o primeiro Pound, o da fase imagista ortodoxa, o que interessa em Rimbaud é principalmente "a clareza e o caráter direto" de suas imagens, do princípio rimbaudiano de "poesia objetiva", contra o derramamento subjetivo romântico da maior parte da poesia da época.

Rimbaud quer se libertar da contemplação passiva do observador com seus objetos, e atuar poeticamente sobre eles; transformá-los em iluminuras dinâmicas. As imagens que pintam em suas *Coloured plates* aspiram outras esferas de percepção, propondo uma verdadeira desautomatização do olhar. Neste ponto é oportuno atentar para o que diz Nietzsche: "Nosso olho acha mais confortável responder a um estímulo dado, reproduzindo uma vez mais uma imagem produzida anteriormente, em vez de registrar o que é diferente e novo numa percepção."[1]

O uso da imagem como iluminura "perceptiva" e "desregrada" em Rimbaud nos oferece também a possibilidade de incorporar o registro do que é diferente, aparentemente desordenado, imperfeito, exagerado, "antipoético". Lembremos que Rimbaud foi um dos poetas que beberam nas águas do conceito de *Surnaturalisme* de Baudelaire: um estado de percepção que intensifica a existência das coisas, que se tornam hipérboles de si mesmas. Este estado é acompanhado por uma expansão temporal e espacial que permite às coisas romperem seus limites, tornarem-se vibrantes, ressoantes, aumentando a capacidade do poeta de abarcar o mundo, de transcodificá lo.[2]

Assim, após a atenta leitura de *Os Paraísos Artificiais* (1861), e sobretudo o "Poème du Hashish", Rimbaud veio a estudar a relação do haxixe e o do ópio com a produção de imagens e a criação poética. Não seria exagero dizer que o texto de Baudelaire é a gênese de sua teoria do "racional desregramento de todos os sentidos":

> As cores ganharão uma energia inusitada e penetrarão o cérebro com uma intensidade vitoriosa. Delicadas, medíocres, ou mesmo ruins, as pinturas dos tetos irão se revestir de uma vitalidade assustadora; os mais grosseiros papéis que cobrem as paredes das estalagens se transformarão em esplêndidos dioramas... O olhar interior transforma tudo e dá a todas as coisas o complemento de beleza que lhes falta para que sejam verdadeiramente dignas de nos serem agradáveis.[3]

Estamos (tal como ocorre em "Manhã de Embriaguez", "Noturno Vulgar", "Desfile", "Promontório", "Vigílias", entre outros) no arriscado território da percepção alterada, no céu ou inferno do transe, onde o poeta aparece como um tradutor, "um caleidoscópio dotado de consciência",[4] um decifrador do real e do imaginário, onde tudo se manifesta na forma de hieróglifos e onde mesmo a natureza é vista como uma densa "floresta de símbolos", como um espetáculo.

Em "Alquimia do Verbo" (curiosamente o mesmo texto de *Une Saison en Enfer* onde ele menciona a expressão "iluminuras populares") Rimbaud diz, sem meias palavras, sobre seu próprio processo de captar a alteridade do sentido:

> A velharia poética abastecia uma boa parte de minha alquimia do verbo. Me acostumei à alucinação simples: via mesmo uma mesquita no

lugar de uma usina, uma bateria comandada por anjos, carruagens nas rotas do céu; um salão no fundo de um lago. Os monstros, os mistérios; o título de uma peça vaudeville vestia espantos diante de mim. Depois, eu explicava meus sofismas mágicos com a alucinação das palavras.

Os efeitos das drogas sobre a mente criativa já foram descritos por De Quincey, Baudelaire, Coleridge, Robert Burton, Hoffman, entre outros: perde-se a noção de tempo e espaço, os sentidos (visão, audição, tato) se mixam, produzindo *sinestesia*: a imagem tem uma música, o som tem uma cor, as palavras têm cheiro. O "eu", desregrado, funde-se aos objetos apreendidos pelos sentidos, de tal forma que o poeta não sabe mais discernir onde começa o seu *self* e onde começam as coisas. A imagem mais banal é revestida das significações mais inusitadas, apresentando-se na forma de alegorias:

> A inteligência da alegoria toma em você proporções desconhecidas por você mesmo; notaremos de passagem que a alegoria, este gênero tão espiritual, que os pintores ineptos nos acostumaram a desprezar, mas que é realmente uma das formas primitivas e das mais naturais de poesia, retoma seu domínio legítimo na inteligência iluminada pela embriaguez. O haxixe se estende então sobre toda a vida como um verniz mágico.[5]

Com efeito, visão é redefinida pelo poeta das *Illuminations* como a capacidade de ser afetado por sensações que questionam todo e qualquer sistema de significação e nomeação. A imagem pode nomadizar-se, devanear, ser captada pelo *flâneur*, estabelecendo relações com as imagens-objeto-de-consumo da metrópole. Assim, tendo as drogas como um veículo para seu método de inspiração para a escrita, Rimbaud vai coletando vestígios, ruínas, cores, nomes falsos, para conseguir diagnosticar — através de imagens alegóricas, insígnias — o símbolo Cidade:

> Do estreito de índigo aos mares de Ossian, sobre o laranja e o rosa da areia que banhou o céu bordo, bulevares de cristal acabam de subir e se cruzar, habitados de repente por jovens famílias de pobres que se alimentam nas quitandas. Nada de riqueza. — a cidade!

Rompida a cadeia significante = significado, o que se afirma é o múltiplo, o ambíguo, o polissêmico, no qual tudo é presentificação virtual e atual de tempos e espaços: "Sua loucura ou seu terror dura um minuto, ou meses inteiros." Assim, em *Illuminations*, ocorre a fissura da mímesis. Numa mesma sentença, num mesmo agora, imagens e lugares: Épiro, Peloponeso, Japão, Arábia, Cartago, Veneza, o vulcão Etna, América, Ásia, se fundem nas fachadas do "Palácio-Promontório". Isso porque durante o transe poético o poeta tem liberdade de, inclusive, despachar a realidade. Logo, a imagem é cinerâmica, dionisíaca, em devir: "As imagens desejam apenas seu fluxo, o resto não importa para elas" (Benjamin).

O "visionário" para Rimbaud, é aquele que transforma em *visão* o olhar ordinário.

5. PROCESSO

O conceito de "processo", ou de uma escrita que registra o fenômeno poético, substituindo o de estrutura ou de objeto autotélico, surge nas *Illuminations* como um método elaborado por Rimbaud para acompanhar seus estados sensitivos, a *poiesis*, os "sobressaltos da consciência" e o delírio vertiginoso. Rimbaud tenta assim captar o modo como a experiência poética ocorre para ele: como criação de intensidades instantâneas, potências afirmadoras de vida, isto é, novos sentires, outros sentidos.

Este modo de proceder poeticamente já havia sido indicado por Baudelaire ao comentar um trecho de Edgar Allan Poe em *Os Paraísos Artificiais*:

> ...a palavra rapsódico, que define tão bem um aglomerado de pensamentos sugerido e comandado pelo mundo exterior e pelo acaso das circunstâncias, é de uma verdade mais verossímil e mais terrível no caso do haxixe. Aqui, o raciocínio e o aglomerado de pensamentos é infinitamente mais rapsódico.[1]

Rimbaud sabe que a palavra e o mundo não podem ser colhidos diretamente. Podem sim, talvez, ser indicados através de um mosaico de justaposições. Tudo passa a ser relevante, se prestamos atenção ao que *vemos*: a realidade surge como uma rede dinâmica e infinita, perpetuamente em mudança. A realidade tecida pelo poeta se torna então um modelo cambiante, uma sucessão de rápidas iluminuras, diferente da visão aristotélica de um universo finito, estável, com começo, meio e fim.

Se "nada existe até que seja observado", como diz John Willer, nos parece óbvio que "enquanto observamos alguma coisa, nós e a coisa observada sofremos alterações." Assim, em Rimbaud, a vidência do aparecimento de um mundo cuja marca, cada vez mais, passa a ser a transitoriedade, a descontinuidade e simultaneidade da experiência, é compatível com a do espaço urbano, com as novas técnicas do olhar. A consciência interativa do poeta parece estar sendo interrompida o tempo todo por associações e fatores ao acaso.

No processo, no devir da improvisação poética, Rimbaud consegue driblar a ilusão do controle racional e o poder do sentido, começando a infundir a dispersão e a incerteza no texto, construindo redes que parecem desordem e desrazão, mas que contêm formas únicas e irrepetíveis de uma ordem interna, caminhando para novas ordens mais complexas e delicadas, novos níveis de sentidos.

TAKE A WALK

Allain Borer nos conta, em *Rimbaud na Abissínia*, que o poeta andarilho tinha como processo escrever caminhando, com suas "iluminuras" anotadas de improviso na cabeça ou em pedaços de papel. Mas essa viagem nômade, ele sabe, pode ser feita até mesmo num mesmo lugar, pois um sopro é capaz de "dispersar os limites da lareira." ("Noturno Vulgar"). Há, de um lado, como diz Paul Virilio, "o nômade das origens, para quem predomina o trajeto, a trajetória do ser; de outro, o sedentário, para quem prevalece o sujeito e o objeto, movimento em direção ao imóvel, ao inerte, que caracteriza o 'civil' sedentário e urbano, em oposição ao 'guerreiro' nômade."[2]

A poesia do trajeto de Rimbaud reflete essa velocidade e pressa de ver e viver tudo ao mesmo tempo: suas idas e vindas a Londres, suas vadiagens por Paris, Bruxelas, Stuttgart, no período de redação de *Illuminations*, acabam fazendo com que esse dinamismo também se revele a nível textual. O poeta insistia na Ação; ler, escrever e pensar "caminhando", incorporando ou coletando os dados tais como acontecem durante o trajeto embriagado pelas ruas em que se "caçam crônicas" como se fosse um "cavalheiro selvagem".

Seu melhor amigo, Delahaye, joga mais luz sobre o processo criativo de Rimbaud:

> Ele escrevia caminhando, ou melhor, caminhava murmurando seus poemas, sobretudo as *Illuminations*, que parecem ser escritas nos terrenos inclinados ou recopiados, terminadas de uma assentada ao chegar: uma escrita elaborada no silêncio de passos e palavras, no movimento

imprevisível onde ela se dissolve, formulando o segredo em que ele não permanece, mas onde se ouve a marcha murmúrio. (...)[3]

Existem relatos de Rimbaud sendo visto errando pelas cidades, sem direção, com a mesma impaciência e curiosidade que ele terá ao cruzar as páginas em branco do continente africano e o Oriente Médio. Em Londres, em visita ao poeta, sua irmã Isabelle anota em seu diário: "Arthur lê... Arthur parte... Arthur volta do British Museum..."[4]. O deslocamento incessante do poeta dá a atender que o "fenômeno da banalização do espaço", como indicou Walter Benjamin[5], passa a ser a experiência fundamental do *flâneur*.

CIDADES

> *E, ao nascer do sol, munidos de uma ardente paciência,*
> *entraremos nas esplêndidas cidades.*
>
> Arthur Rimbaud

Poucos poetas antes de Rimbaud conseguiram captar com tamanha agudeza esse novo fenômeno provocado pela concentração de grandes massas em centros urbanos e a consequente perda de referências: a desorientação diante da dimensão enigmática da metrópole.

Escritos por várias cidades, principalmente em Londres, então capital da Revolução Industrial, os poemas urbanos de Rimbaud (como "Operários", "Cidade", "Promontório", "Cidade", "Cidades" e "Metropolitano") talvez tenham sido os primeiros a detectarem, para nós, a experiência do choque, a rotina programada do indivíduo, a multidão, a poluição sonora, a vida noturna dos bares, bordéis e casas de ópio, o aspecto algo barroco garantido pela iluminação artificial, construções de ferro e de vidro, pontes, lojas, galerias, o metrô, "entre outras fantasmagorias". Nesse ciclo de poemas assistimos o que seu olhar, vagabundo e detetive, lê pela capital londrina, bem como a deformação operada na sua imaginação: detalhes e *takes* se sobrepõem uns aos outros nos poemas, como um palimpsesto escrito numa língua desconhecida.

A constante mudança de pontos de vista, a alegorização da cidade, enfim, é uma sensação persistente nesses poemas. A "acrópole oficial ultrapassa as mais colossais concepções da barbárie moderna", ele nos diz. Mesmo assim, é "impossível" exprimir ou registrar o dia fosco "produzido por este céu imutavelmente cinza" ou "o brilho imperial dos edifícios". Uma cidade em que "todas as maravilhas clássicas da arquitetura foram reproduzidas" com o "gosto singular para o exagero", onde o *flâneur* vadia por exposições de pinturas em museus "vinte vezes mais vastos que Hampton Court". Passeia pelas escadarias do ministério, encara os vigias dos "colossos". Repara a tentativa de organizar o caos, com edifícios agrupados em *squares*, terraços e jardins privados. Entrando no Hyde Park, nota que mesmo a natureza virou representação: assim como os *panoramas*, dentro do qual o espectador tinha a ilusão de estar na natureza. Avançando, Rimbaud sente vertigem ao sair da City e vai para as bandas do Embankment.

A cidade virou um labirinto: uma ponte pequena nos conduz diretamente para os subterrâneos da catedral de Saint Paul, "uma construção artística de aço de cerca de quinze mil pés de diâmetro". Passando por passarelas e plataformas, diz: "acreditei ter uma ideia da profundidade da cidade! Eis o prodígio que não pude explicar: quais os níveis dos outros bairros acima ou abaixo da acrópole? Para o estrangeiro de nosso tempo, o reconhecimento é impossível". Mais adiante, as casas não vêm numa sequência, e "o subúrbio se perde bizarramente no campo".

As cidades, como no poema "Cidades", têm o poder de fundir extremos. O urbano (chalés, albergues, trilhos, canais, plataformas, passarelas, bulevares) é jogado num mesmo contexto com elementos da natureza (crateras, morros, desfiladeiros, avalanches, palmeiras). Funde Oriente e Ocidente, o subterrâneo e a superfície, o antigo e o moderno, o passado e o presente, como se seguisse os deslocamentos espaço-temporais e condensações ocorridos durante os sonhos. Rimbaud mostra uma cidade em que tudo se tornou espetáculo, uma espécie de alucinação: postes ou palmeiras de cobre? Chalés de cristal e madeira ou o metrô? Todos os fragmentos habitam um mesmo espaço, numa nova condição onde cidades, gradativamente, parecem ser todas as cidades e nenhuma. Nisso Rimbaud difere sensivelmente de Baudelaire: a cidade de Rimbaud é pura *feérie*, irreal, enquanto que as de Baudelaire ainda nos oferecem uma dose mais segura de reconhecimento, nostalgia e de referências.

Em "Cidades", a visão é carnavalesca, desvairada, eufórica, evoluindo entre a realidade e a alucinação: desfilam os Montes Apalaches e o Líbano, associações de cantores gigantes, Rolands, Bacantes, Hefaístos, eremitas, lendas, selvagens, funcionários públicos, fantasmas. A mitologia é despida de sua aura: operárias viram "Sabinas de subúrbio". O espetáculo urbano é apresentado em forma de antíteses e oxímoros: "o colapso das apoteoses" fundem "os campos das alturas onde centaurinas seráficas evoluem entre as avalanches" (a multidão?).

Seria interessante, neste ponto, comparar a visão de cidade de Rimbaud com a de um escritor contemporâneo como William Burroughs, que as descreve sobretudo no capítulo "Interzone" de *Naked Lunch*:

> Todas as ruas da Cidade, declivam entre *canyons* profundos até uma *plaza* gigantesca, em forma de rim e cheia de escuridão. Os muros da cidade e da *plaza* são perfurados por cubículos lotados e café, alguns de poucos pés de profundidade, outros se estendendo fora do alcance da visão numa rede de salas e corredores. Em todos os níveis cruzamentos de pontes, passarelas, táxis.[6]

Rimbaud prefigura a *Metrópolis* de Fritz Lang, ao passo que, em sua "Interzone", Burroughs aponta cidades como as de *Blade Runner*, onde a esquizofrenia passa a ser o modo de percepção do cotidiano. Mesmo quando Rimbaud apresenta a cidade como um novo ambiente onde tudo se interconecta, tudo o que temos são fragmentos de instantes-estilhaços que se recusam a formar uma visão de todo, onde somos incapazes de nos reconhecer, de nos situar. Se as cidades do poeta francês são enigmáticas, indeterminadas, descontínuas, o texto deve reproduzir essa experiência bizarra e entrópica. Neste espaço onde o homem da multidão integra o ambiente, tão mais difícil é qualquer menção às relações humanas. As pessoas conduzem a vida de um modo automatizado, mediano, seduzidas pelos vícios e pelos *"comforts perfeitos"*. Se na cidade de Rimbaud a linguagem "está reduzida às suas expressões mais simples", nas de Burroughs, "a linguagem é um vírus".

Londrina, novembro de 1993.

NOTAS

1. TROUVEZ RIMBAUD

[1] Charles Bernstein in *Content's Dream*. Los Angeles: Sun & Moon Press, 1986.

[2] Jean-Pierre Vernant diz em seu ensaio "O Dioniso Mascarado das 'Bacantes' de Eurípedes" in *Mito e Tragédia na Grécia Antiga*, v. II. São Paulo: Brasiliense, 1991: "Até no Olimpo Dioniso encarna a figura do Outro. Se sua função fosse 'mística', ele arrancaria o homem do universo do devir, do sensível, da multiplicidade, para fazê-lo ultrapassar o limiar além do qual se penetra na esfera do imutável, do permanente, do uno, do sempre o mesmo. Seu papel não é esse. Ele não desliga o homem da vida terrestre através de uma técnica de ascese (Apolo) e de renúncia. Embaralha as fronteiras entre divino e humano, o humano e o bestial, o aqui e o Além. Faz comungar o que estava isolado, separado. Sua irrupção na forma do transe e da possessão regulamentados é, na natureza, no grupo social, em cada indivíduo humano, uma subversão da ordem que, através de todo um jogo de prodígios, de fantasmagorias, de ilusões, através de um desterro desconcertante do cotidiano, oscila seja para o alto, numa confraternização idílica de todas as criaturas, a comunhão feliz de uma idade de ouro repentinamente reencontrada, seja, ao contrário, para quem recusa e nega, para baixo, na confusão caótica de um horror aterrador." Saliente-se também o que diz Antônio Dimas em *Gregório de Matos - Literatura Comentada*. São Paulo: Editora Abril, 1981, p. 96: "Foi na *Origem da Tragédia* (1872) que Nietzsche elaborou a antinomia entre arte dionisíaca e arte apolínea. Segundo este filósofo alemão, o belo Apolo simboliza o desejo da forma contida, equilibrada e serena, que conduz à criação de um mundo compreensível, racional e simétrico. Em oposição, a figura de Dionísio, desatinado deus do vinho, carrega consigo a ideia de desregramento, irracionalidade cega, incontinência, sensualidade e liberação de impulsos instintivos."

[3] Arthur Rimbaud, "Carta do Vidente" in *Fundadores da Modernidade*, coordenação de Irlemar Champi, São Paulo: Editora Ática, 1991.

[4] William S. Burroughs in *Naked Lunch*, Nova York: Grove Weindenfeld, 1959.

[5] Arthur Rimbaud, op. cit.

[6] Arthur Rimbaud, op. cit.

[7] Stéphane Mallarmé citado por Marjorie Perloff in *The Dance of Intellect, Studies in the Poetry of the Pound Tradition*. Nova York: Cambridge University Press, 1985.

[8] Marjorie Perloff, op. cit.

[9] Arthur Rimbaud, op.cit.

[10] Arthur Rimbaud, "Alquimia do Verbo" in *Uma Temporada no Inferno e Iluminações*. Tradução de Lêdo Ivo. Rio de Janeiro: Francisco Alves, 1985.

[11] Marjorie Perloff. *Poetics of Indeterminacy: Rimbaud to Cage*. Nova Jersey: Princenton University Press, 1981.

[12] Marshall MacLuhan. "Notes on Burroughs" in *William S. Burroughs at the Front - Critical Reception*, 1959-1989. Editado por Jennie Skerl e Robin Lydenberg. Illinois: Southern Illinois University, 1991.

[13] Honoré de Balzac citado por Anna Balakian in *O Simbolismo*, São Paulo: Perspectiva, 1985. Col. Stylus.

[14] Louise Varèse in *Illuminations and Other Poems*, s.l.: New Directions, 1946.

[15] Friedrich Nietzsche in *Os Pensadores*, tradução de Rubens Rodrigues Torres Filho, São Paulo: Editora Abril, 1983. (v. Origem da tragédia.)

[16] Jerome Rothenberg. "Ethnopoetics & Politics/The Politics of Ethnopoetics" in *The Politics of Poetic Form - Poetry and Public Policy*, de Charles Bernstein (ed.), Nova York: Roof, The Segue Foundation, 1990.

2. ILUMINURAÇÕES

[1] Paul Verlaine citado por H. de Bouillane de Lacoste in *Illuminations (Painted Plates)*. Paris: Mercure de France, 1949.

[2] Nick Osmond, em seu ótimo estudo sobre as *Illuminations*, diz que a adoção do título em inglês faria absolutamente sentido, já que além de ter dado vários títulos em inglês aos poemas (a bilíngue "Parade", "Vagabonds", "Bottom", "Being Beauteous", "Fairy") o livro está semeado de palavras que dão conta do errático uso do inglês por parte de Rimbaud.

[3] Lêdo Ivo in *Uma Temporada no Inferno e Iluminações*, op. cit.

[4] Lêdo Ivo in Suplemento "Letras", *Folha de S. Paulo*, 9 nov. 1991.

[5] David Scott in *Pictorialist Poetics: Poetry and The Visual Arts in Nineteenth-century France*, Nova York: Cambridge University Press, 1988.

[6] Arthur Rimbaud citado por Hugo Friedrich in *Estrutura da Lírica Moderna*, São Paulo: Livraria Duas Cidades, 1978.

[7] Arthur Rimbaud in "Une Saison en Enfer", "Délires II", "Alchemie du Verbe", in *Oeuvres Completes, Collection des Poetes Maudits*, São Paulo: Instituto Progresso Editorial S/A, 1947.

[8] Walter Benjamin in *Haxixe*, tradução de Flávio de Menezes e Carlos Nelson Coutinho, São Paulo: Editora Brasiliense, 1984.

[9] Importante considerar a influência das ideias do crítico John Ruskin (1819-1900) sobre as concepções estéticas de Rimbaud, notadamente sobre Arquitetura (v. "Promontório"), pintura, e, até mesmo, contos de fadas (v. "Fairy"). Sobre a relação entre Ruskin e Rimbaud, Marshall Mcluhan nos diz em *The Gutenberg Galaxy*: "Em *Modern Painters* (v. III, p. 91) Ruskin trata a questão de modo a dissociar completamente o medievalismo gótico de qualquer preocupação histórica acerca da Idade Média. E seu modo de ver assegurou-lhe o mais profundo interesse da parte de Rimbaud e Proust: 'Um belo grotesco é a expressão (por uma série de símbolos, lançados juntos em livre e ousada conexão) de verdades que seriam muito extensas de expressar por qualquer modo verbal, deixando-se a conexão para que o espectador a decifre por si

próprio; as lacunas, largadas ou saltadas pela pressa da imaginação, é que formam o caráter grotesco.' A Ruskin, o gótico parecia indispensável para romper e abrir o sistema fechado de percepção que Blake despendera a vida a descrever e combater. Ruskin prossegue (p. 96), explicando o grotesco gótico como o melhor meio de acabar com o regime da perspectiva e da visão única e exclusiva, ou seja, do realismo instaurado pela Renascença: 'É com o propósito (que não é o menos importante entre muitos outros referentes à arte) de reabrir esse grande campo da inteligência humana, há muito inteiramente fechado, que me esforço por introduzir a arquitetura gótica no uso doméstico diário; e por reviver a arte da iluminura, assim propriamente chamada; não a arte da pintura-miniatura nos livros, ou no velino, que ridiculamente foi confundida com ela; mas a de fazer a escrita, a simples escrita, bela para os olhos, revestindo-a com o grande acorde das cores puras, o azul, o púrpura, o escarlate, o branco e o ouro, e dentro desse acorde de cores, permitir o contínuo jogo da fantasia do autor em toda espécie de imaginação grotesca, excluindo-se cuidadosamente a sombra; a diferença característica entre a iluminura e a própria pintura, é que a iluminura não admite sombras, mas tão-somente gradações de cores puras.' O estudioso de Rimbaud verá que pode ser na leitura dessa passagem de Ruskin, em suas idas diárias ao British Museum, que o poeta que inventou 'a cor das vogais' tenha achado o título para o presente livro. A técnica de visão nas *iluminuras* ou "*painted slides*" (vidros pintados) conforme ele mesmo as denominou em inglês na página do título, é exatamente a mesma que Ruskin usa ao relatar o grotesco."

[10] Antonio Candido in Suplemento "Letras", *Folha de S. Paulo*, 9 nov. 1991.

3. EUTRO

[1] Stephen Fredman in *Poet's Prose: The Crisis in the American Verse*, Nova York: Cambridge University Press, 1990.

[2] Clive Scott in *Modernismo Guia Geral 1890-1930*, organizado por Malcolm Bradbury e James McFarlane, São Paulo: Companhia das Letras, 1989.

[3] Charles Baudelaire in *Pequenos Poemas em Prosa*, tradução de Dorothée de Bruchard, Florianópolis: Editora da Universidade Federal de Santa Catarina, 1988. (Coleção Paideuma.)

[4] Ron Silliman in *The New Sentence*, Nova York: Roof Books, 1987.

[5] Charles Baudelaire, op. cit.

[6] Clive Scott, op. cit.

4. PHANOPIUM

[1] Friedrich Nietzsche in *Beyond Good and Evil*, trad. de R. J. Hollingdale, Londres: Penguin Books, 1990.

[2] Charles Baudelaire citado por Anna Balakian in *O Simbolismo*.

[3] Charles Baudelaire, "O Homem Deus", "O Poema do Haxixe" in *Os Paraísos Artificiais*, tradução de Alexandre Ribondi, Vera Nóbrega e Lúcia Nagib. Porto Alegre: L&PM, 1982.

[4] Walter Benjamin in *Haxixe*, op. cit.

[5] Charles Baudelaire, op. cit.

5. PROCESSO

[1] Charles Baudelaire in *Os Paraísos Artificiais*.

[2] Paul Virilio in *O Espaço Crítico*, trad. de Paulo Roberto Pires, São Paulo: Editora 34, 1993.

[3] Delahaye citado por Allain Borer in *Rimbaud na Abissínia*, Porto Alegre: L&PM, 1986.

[4] Isabelle Rimbaud citada por Allain Borer, op. cit.

[5] Walter Benjamin in *Obras Escolhidas III, Charles Baudelaire - Um Lírico no Auge do Capitalismo*, São Paulo: Brasiliense, 1989.

[6] William Burroughs, op. cit.

CRONOLOGIA

1854 — Jean-Nicolas Arthur Rimbaud nasce a 20 de outubro em Charleville (Ardennes). Filho de Vitalie Cuif, mulher autoritária, e Frédéric Rimbaud, um militar. Com a morte do pai, Vitalie herda uma pequena fazenda em Roche. O pai, sempre ausente, servindo o exército, é figura ausente na família Rimbaud.

1862 — Ingressa no Collège Charleville.

1870 — Faz amizade com seu professor de retórica George Izambard. Primeira das muitas fugas de Rimbaud.

1871 — Escreve ao amigo Paul Demeny a "Carta do Vidente", seu manifesto poético e existencial. Leituras de magia, cabala e ocultismo. Chega a Paris e conhece Verlaine, Cros e Banville, frequenta as reuniões do "Cercle Zutique". Verlaine, recém-casado e com a esposa esperando um filho, apaixona-se por Rimbaud. Escândalos e deambulações de hotel a hotel. Mendicância nas ruas de Paris. É iniciado no haxixe e absinto. Posa para o pintor Fantin Latour e é fotografado por Carjat. Sua acolhida e recepção não é das melhores no meio literário.

1872 — Está em Paris, foge para a Bélgica com Verlaine e com este embarca para a Inglaterra. Vida miserável em Londres. Natal em Charleville.

1873 — Retorna a Londres para tratar Verlaine, então doente. Visita o British Museum. Retorna a Roche. Inicia a redação de *Une Saison en Enfer*. Vai novamente a Londres, depois Bruxelas. Verlaine atira em Rimbaud e o fere levemente no pulso esquerdo. Retorno a Roche onde, trancado num sótão, conclui *Une Saison en Enfer*.

1874 — Conhece o poeta Germain Noveau em Paris. Parte com ele para Londres onde vivem quase o ano inteiro. É tutor na Escócia. Neste período, Rimbaud redige a maior parte das

Illuminations. É abandonado por Noveau. Recebe a mãe e a irmã. Estuda línguas e visita constantemente bibliotecas e o British Museum. Natal em Charleville. Estuda com afinco várias línguas, como o russo e o árabe, visando futuras viagens.

1875 — Parte para Stuttgart. Emprega-se como preceptor dos filhos de um médico, o doutor Lübner. É nesta época que Rimbaud entrega a Verlaine, em Stuttgart, os manuscritos de *Illuminations*, num gesto que marca o fim de sua carreira como poeta. A aventura africana começa. Ultima vez que vê Verlaine. Viagens pela Suíça, Alemanha e Itália. Dezembro: morte da irmã, Vitalie. Trabalha num cais em Marselha, procura trabalho desesperadamente, de preferência longe da Europa.Deseja ir até a África. Retorna a Charleville.

1876 — Em junho, ingressa no exército holandês e embarca para a ilha de Java (Indonésia). Deserta e cruza, a pé, os 200 km da ilha. Um mês depois, está de volta a Charleville. Viena. Mal chega, é assaltado por um cocheiro. É levado à fronteira da França.

1877 — Parte novamente: Bremen, Colônia. Depois de viajar por Áustria e Holanda, vai à Alemanha onde trabalha como intérprete do Circo Loisset, excursionando pela Suécia e Dinamarca. No outono, está de volta a Charleville.

1878 — Deixa a Europa. Em outubro, para conseguir embarcar a tempo durante uma nevasca, decide cruzar o Passo de São Gotardo, nos Alpes, a pé. Alcança Lugano e depois Milão, onde é acolhido por um mês uma viúva italiana.Vai para Alexandria. Curiosamente, há o nome RIMBAUD inscrito no Templo de Luxor e que teria sido, segundo alguns biógrafos, deixado pelo ex-poeta e, para outros, por um homônimo do exército de Napoleão. Trabalha em Chipre.

1879 — Contrai febre tifoide. Retorna a Roche como supervisor de uma pedreira. Em circunstâncias não bem explicadas, abandona o trabalho e volta para a família. Trabalha na propriedade da família em Roche. Perguntado pelo velho amigo Delahaye sobre literatura, responde: "Eu não penso mais nisso. Merda para a poesia".

1880 — Está no Oriente Médio à procura incessante de trabalho. Chega a Aden e se instala no Grande Hotel D'Universe, onde foi tirada a fotografia recentemente descoberta. Vive em Aden e depois em Harar. Exportação de café. Familiariza-se com o Alcorão. Planos: aumentar os negócios, organizar expedições. Pedidos incessantes à família que mandem livros técnicos dos mais variados assuntos, do tipo "do-it-yourself".

1881 — Realiza expedições, comercializa peles e marfim. É o primeiro europeu a percorrer o Rio Ugadine. Relatos de viagem publicados pela *Société de Géographie*.

1884 — De 1884 a 1886 vive com uma garota de uma tribo abissínia. Única relação que se conhece, fora Verlaine, na vida de Rimbaud. Também tem um empregado, o fiel Djami.

1885 — Trafica armas. Dois anos são gastos nos preparativos e na expedição de uma caravana desastrosa que cruza áreas inóspitas do território africano para entregar um carregamento de armas para Menelik. Sem um especialista em negociação como Labatut (morto) acaba sendo passado para trás pelo rei e perde quase todo seu investimento.

1886 — Publicação de grande parte de *Illuminations* na revista *La Vogue*, que dá o poeta como já falecido. Impacto e estupefação. Faz expedições arriscadas para levar armas para os rebeldes que lutam pela independência da Etiópia. Vende armas para o rei Menelik. Descrito como um homem calado, taciturno, metódico e rigoroso nos negócios, com um senso de humor seco, mas que ajuda os pobres e miseráveis ao mesmo tempo em que leva uma vida simples, quase ascética. Pele queimada pelo sol, expressões duras, nas fotos vemos que Rimbaud tem uma aparência cada vez menos europeia.

1888 — Na França já é grande a popularidade de Rimbaud. Um antigo colega de escola lhe escreve sobre o desenvolvimento da *"vogue* Rimbaud". Rimbaud ignora solenemente.

1891 — Tumor cancerígeno no joelho direito agravado por uma antiga sífilis, cruza o deserto numa liteira e chega a Marselha onde é hospitalizado a 22 de maio, três dias depois tem a perna amputada. 27 de março, amputação da perna. 23 de julho, escreve em 10 de julho à irmã: "Que tédio, que tristeza quando penso em todas as minhas viagens, e como eu era ativo há só cinco meses! Onde estão as corridas pelas montanhas, as cavalgadas, os passeios, os desertos, rios e mares? E agora essa existência de aleijado! (...) E eu que havia justamente decidido voltar à França este verão para me casar! Adeus casamento, adeus família, adeus futuro! Minha vida acabou, não passo de um tronco imóvel." Depressão e convalescência na pequena propriedade rural da família em Roche, aos cuidados de Isabelle, com quem estreita laços e tem longas conversas. Como escreve Enid Starkie, "enquanto sua fama literária atinge o ápice em Paris, poucos sabem que a poucas horas de distância, o poeta que eles tanto reverenciavam chegava ao fim de sua vida numa espécie de sonho" (409). 23 de agosto, decide voltar a Harar, mesmo sabendo que seus dias estão contados. Viaja com Isabelle a Paris e depois Marselha. Novo período hospitalizado. Tenta voltar para Aden, mas seu estado piora e passa dois meses num hospital em Marselha. O diagnóstico é câncer generalizado nos ossos. Agonia e alucinações causadas pelo láudano e morfina. Falece a 10 de dezembro e é sepultado no cemitério de Charleville em 14 de dezembro.

189

CADASTRO
ILUMI//URAS

Para receber informações
sobre nossos lançamentos e
promoções envie e-mail para:

cadastro@iluminuras.com.br

Este livro foi composto em Times pela *Iluminuras*
e terminou de ser impresso em outubro de 2014
nas oficinas da *Meta Solutions*, em Cotia, SP, em
papel off-white 80g.